人生 最悪の時、癒しの時

西田かよ子

文芸社

まえがき

ピーポー、ピーポー、ピーポー。

あの何だか間の抜けたようなサイレンを鳴らして、私を搬送する救急車がS病院を目指して走り出します。

「お母ちゃん、しっかりしてや！」

ストレッチャーに乗せられた私の横では、娘の香津子が心配そうに手を握ってくれていました。「私、どないなるんや？　何が起こったんやろ？」

朦朧とし始めた意識の片隅で、自分の身に一体何が起きたのかわからないまま、私はそんな呟きを心の中で繰り返していました……。

それは平成十二年十月二十二日のことです。私は帰宅途中で脳梗塞の発作を起こし、自宅には帰り着いたものの、症状が悪化し、結局救急車のお世話になって病院に運ばれたのでした。

青天の霹靂《へきれき》とはまさにこのことです。

それから二年数ヵ月を経て、現在私は脳梗塞の後遺症を抱えた障害者として暮らしています。要介護度1と認定されているので、ケア・プランに則って、週二回通所介護サービスのデイ・ケアに通い、週二回ホームヘルパーの訪問介護サービスを受けています。「やれ、やれ」というのが実感でしょうか。

ここへ来るまでには、随分いろいろなことがありました。これからお読みいただくのは、その〝七転八倒〟の闘病・リハビリ、おまけにイジメにまであった私の生活の全容なのです。


私は今年七十四歳。大阪下町の元気で陽気なおばはんです。世話好きのお喋り好き、カラオケのマイクは握ったら離さないタイプといったら大体どんな〝おばはん〟か想像してもらえるでしょう。

夫、西田政治に先立たれ、今は気ままな独り暮らし。夫が元気な頃から住み続けている下町で、顔なじみの近所のみなさんと、道で会えば世間話をし、老人会や、昭和三十九年以来四十年近く入信している創価学会の会合へも顔を出し、忙しくもにぎやかな毎日を送っています。

どこの老人会にも必ず一人や二人は私のようなおばはんがいるものです。人情に厚く、涙もろい感激屋、何事にも率先垂範、ついついお節介もし、いらぬ世話を焼いては半分うるさがられたりしているおばはん……。そう、そんなおばはんが私なのです。

元々血圧が高く、糖尿の気はあったのですが、他にはこれといって悪いところもなく、元気が取り柄の私が、脳梗塞になったときには、「これはもう一巻の終わりや」と思いました。

実際、一時は危ないところだったのです。それが無事生還したまではよかったのですが、待っていたのは〝後遺症〟でした。

ADL（日常生活動作）という言葉をご存じでしょうか。脳梗塞を患った人は誰でも、何らかの形でこの機能に障害を残します。その程度には違いがありますが、いずれにしろ、それまでは普通にできていた動作が、ある日まるでできなくなるのです。

「なんでやねん！　なんで私がこんな目にあうんや！」

倒れてからずっと、私はそう自問し続けました。けれども、いくら考えても答えなど出てはきません。

五体満足で生まれた私は、当然のことながらそのありがたみを知りませんでした。それが突然右半身の機能を奪われたのです。そのときの驚きや絶望には想像を超えるものがありました。何しろ、当初は寝返りひとつ打てなかったのですから……。

脳梗塞によって生活は一変しました。私は、それまで当然と思っていた健康な体を失い、何とか右半身の機能を回復しようと、辛いリハビリテーションに取り組みました。今やっと、かつての何分の一かの機能は回復しましたが、生活が不便であることに変わりはありません。介護者の手を借りたり、子供たちの手助けがあって初めて私の生活は成り立っているのです。

しかし、私は失ってばかりいたわけではありません。

こういうと負け惜しみのように聞こえるかもしれませんが、失った分は十分取り返しました。

それは第一に、生きていることが少しも当たり前なのではなく、奇跡のようにありがたいことなのだと知ったことです。次に、当たり前のように思っていた家族の情愛のありがたさ、友情の尊さも改めて知ったことです。

それから、どんな境遇に置かれようとも、「何クソッ！」という負けん気と、どんな小さなことにも喜びを見出す前向きな姿勢があれば、人間は屈しないものだということも学びました。

私の失ったものと得たもの……それは全国津々浦々においでの脳梗塞の患者さんと相通じるものでしょう。

私もそうでしたが、後遺症の辛さは、これは自分だけの苦しみであって、他の誰にも結局はわかってもらえないと思ってしまうところにあるのです。

確かに、肉体的な辛さは本人にしかわかりません。でも、だからといって殻の中に閉じこもり、自分で自分を憐れんでいるだけでは事態は好転しません。むしろ、「病は気から」ということで、残された能力までどんどん衰えていってしまいます。

「病気なんかには負けへんで！」と声に出して言いましょう。思いっきり叫んでみましょう。

私はそうしました。そして、打ち勝ちました。この平々凡々たるおばはんにできたのです。みなさんにできないはずはありません。

さあ、ここから本編が始まります。私の体験が、みなさんに少しでも勇気を与えることができますかどうか。私も楽しみです。

人生最悪の時、癒しの時　目次

第一章　急な目まいで倒れる

「おお寒う、西田さん、寒うない？」

「ほんま、寒いわ」

「またね。気ぃつけて」

「ほな、さいなら」

それは創価学会の会合の帰り道のことでした。

夜の八時半頃、お友達と別れ、家の近くにある歩道の信号機の前で、信号が青に変わるのを待っていたときのことです。何台か車が通り過ぎ、「さあ、青や、渡ろう」と思ったとき、急に体がふらっとしました。何が起こったのだろうと思う間もなく、天と地が逆さまになったような感じがして、激しい目まいがしました。そして、私はバランスを失って背後に倒れたのです。このままでは地面に頭を打ちつけてしまう、とわかっているのにどうすることもできません。ところが、あるところでふっと体の傾きが止まりました。背中に何かがぶつかったのです。薄っぺらな金属音がしたので、ブリキの看板のようなモノに背中がぶつかったのだなと思いました。そして、そのお蔭で後頭部をコンクリートに打ちつけることなく済んだのです。

この間、ほんの十数秒ぐらいの短い時間だったに違いありません。気がつくと、私は看板にもたれかかり、歩道にぺったり腰を落とし、両足を地面に投げ出す格好で倒れていました。まるで酔っぱらいです。目はちゃんと見えていたし、呼吸も正常で、別段、心臓や頭がキリキリ痛むということもありません。ただ、地面が揺れる感じとふわっとした不安定な感じが体の中にあったことを覚えています。通行人はいませんでした。いればさすがに声ぐらいはかけてくれたことでしょう。そこには倒れ込んでいる私しかいなかったのです。

私は何とか起き上がり、歩き出しました。しかし、体は重く、足には力が入りません。「ああ、目が回ったわ。何でやろ」と思ったものの、とにかく家にたどり着かなければ話にならないという一心で、横断歩道を渡り、家までの三十メートルほどの道のりが、そのときはずいぶん遠く感じられました。

ほうほうの態《てい》で家にたどり着いた私は、上がり框《かまち》に倒れ込みました。体全体が、とくに足先がひどく冷たくなっています。「えらいこっちゃ。風呂入って足を温めなかんわ」私は必死で風呂場まで行って風呂の準備をしました。やがて風呂がわいて、さて服を脱ごうというときになって、指先がうまく動かないのに気づいたのです。「指に力が入らへん」と不安に駆られましたが、体が冷えきって指もかじかんでいるせいだと思い、一刻も早く風呂につかろうと焦るばかりでした。しかし、風呂につかっても体の変調はそのままです。それどころか、どんどん意識が朦朧としてくるのです。「こらあかん、風呂の中でまた目が回ったら大変や」と思った私は慌てて風呂から上がりました。風呂場からやっとの思いで出ると、一層重くなった体で這いつくばるように部屋に入り、そのまま畳の上で伸びてしまったのです。そして、その状態のままひと晩過ごしました……。

翌日になり、飲まず、食わずでただじっと横たわっていました。意識が半分醒めて半分眠っているような感じだったと思います。そして、私のこの状況とは無関係に、いつも通り日が落ちていきました。状態は依然昨晩のままです。「これはただの目まいやない。きっと体のどこかがおかしくなってんねん」私もさすがに尋常ではないと思い始めました。

あとでお医者さんに聞くと、そのときの状態からして、入浴は最もやってはいけないことのひとつでした。そうとも知らず、風呂に入ったのです。風呂で温まれば、人心地がつけると思ったのですが、むしろ逆効果でした。


最初の発作からすでに四十時間ぐらいが経過していました。

この放置時間が長くなればなるほど、脳梗塞は悪化するそうです。何しろ、心臓が痛むわけでも、頭がズキズキするわけでもないので、初期症状（目まいや言葉のもつれ、手足のしびれなど）が起きても軽く考えてしまい、つい無理をしたり、我慢をしたりしているうちにどんどん悪くなるケースが多いのだそうです。私もまさにそうでした。

二十四日の夕方頃、意を決して震える指で娘の家へ電話をかけました。

「香津子、すぐ来て！」

「お母ちゃん、どないしたの」

「倒れたんや。手足がよう動かんのや。目も回るし、恐い！」

娘は私の呂律の回らぬ声にただならぬ気配を察したらしく、

「お母ちゃん、待ってて。すぐ行くから。気を確かに持っててな」

と言うなり電話を切りました。

私は受話器を戻すと、再びその場にヘナヘナと倒れてしまいました。それから娘が馳せ参じてくれるまでの時間の長かったこと……。やっと娘が到着し、その顔を見たとたん、張りつめていた緊張が一気に解《ほど》け、涙が溢れてきました。娘は、畳の上に這いつくばっている私の異様な姿に言葉を呑み込んでいました。

「どないしたん」

「どないもこないも、目が回って、体が動かんのや」

「N病院に行く？」

娘が私を抱き起こしながら聞きました。N病院は、元々高血圧気味で糖尿の気のある私が通っている病院です。

「それとも他の病院に行く？」

「N病院にしよ」私は言いました。

「でも、あの病院、救急あらへんのと違うかな」

「そやったら、もうひと晩待って行くわ」

やがて、長男の雅昭と二男の誠治も心配そうにやって来ました。

「お母ちゃん、高血圧の人間はな、こんな寒い日は歩き回ったらあかんねんて」

と長男が言います。

「もう年やねんから、ちょっと自分を大事にせんとな」

と二男が言います。

「お母ちゃんをそんなに責めんといて。こんなにエラいことになっとんのに」

そんな会話をしたことを覚えています。


汚い話で恐縮なのですが、息子たちがやって来たときはもう本当に私の体が私の体でなく、尿意を催してもそれをコントロールすることができませんでした。つまり、垂れ流しの状態だったのです。娘がその始末をしてくれているのがわかりました。すまないという気持ちはいっぱいなのですが、体がいうことをきかないのです。

病院の先生も呆れていましたが、とにかく何故すぐ病院に行こうとしなかったのか、我ながら不思議です。子供たちも心配してはいたのですが、呼吸も普通だし、言葉も喋るし、目も見えるしということで、またそのうち自力でふっと回復すると考えていたようでした。高血圧や糖尿病が脳梗塞の引き金になることもあるなどということは、誰も知らなかったのです。もし私なり、子供たちなりが脳梗塞の発作について予備知識を持っていたならば、当然すぐに一一九番していたことでしょう。

畳の上に倒れ込んだまま、身動きがとれない一日半を経て、子供たちも、回復の兆《きざ》しのない私の様子に不安をつのらせ始めました。そして、ようやく月曜日の朝になって、娘に救急車を呼んでもらったのです。救急隊員の方が私の様子を見て、それからストレッチャーに乗せました。娘は隊員さんの緊張した表情に、これは大変なことになったと思ったそうです。私はと言えば、すでに麻痺の始まった右半身のために体は動かず、隊員さんに何か言おうとしても呂律が回らず、ただの重い砂袋のようになって我が家の玄関を運び出されたのでした。

運ばれたのはS病院です。

早速、ＣＴスキャンやＭＲＩ等の検査を受けました。

お医者さんの診断は血栓性脳梗塞。脳の血管の一本が詰まりかけており、それをとにかく注射で散らす治療をする、ということでした。

「西田さん、すぐ入院してもらいます。内科的な治療は早ければ早いほどいい。もう、すでにかなりな時間をロスしていますから、一刻も猶予はできません。意識がしっかりしているとはいえ、まかり間違っていたら大変なことになっていたかもしれませんよ」

私が陥っていた事態は、思っていたより深刻であったことに、お医者さんのこの言葉で初めて気づいたのでした。今になって思えば、死ななかったほうが不思議なぐらいです。


でも、何故本当に死なずに済んだのでしょうか。思えばいくつもの偶然が重なって、幸運にも私は死を免れたのです。

もし、信号待ちをしている間、ふらっと背後に倒れたとき、そこにブリキの看板のようなモノがなかったら……。

もし、風呂に入ったとき、あれ以上湯船につかっていたら……。

もし、家の近くに娘が住んでいなかったら……。

これらは、私の生き死にを決定する、それこそ、紙一重の偶然です。この紙一重によって私が救われたことは、人知を超えている感じさえします。

先ほども書いたように私は四十年ほど前から創価学会に入信しており、その間倦《う》まず弛《たゆ》まず行ってきた勤行の力、信仰の力がこうした偶然を引き寄せてくれたのかもしれません。

独居老人が脳梗塞で倒れ、発見されたときには手遅れであったり、ヘルパーさんが訪ねて行ったら亡くなっていた方もいるなどと耳にするたびに、私は何と強運に恵まれたのだろうと思わずにはいられません。

第二章　緊急入院

傍《はた》から見たら完全に棺桶に片足を突っ込んでいた私は、S病院に緊急入院することになりました。平成十二年の十月二十五日のことです。脳梗塞の症状は発病してから徐々に時間をかけて進行し、数時間から数日の間に一番重い状態を迎えるのだそうです。私が緊急入院したのはまさにそのピークに達した時期でした。従って、体は全く動かず、ベッドの上に丸太が乗っかっているようなものです。一日目とか二日目とかの記憶がはっきりしないのですが、とにかく最初の一週間はほとんど動けず、二週間は点滴をずっと打ち続けていました。

排泄も、尿などは、採尿器を体に固定させ、尿が出るとホースを通って下の容器に流れ込むようになっていました。その上さらに紙オムツが当ててありました。意識がはっきりしてくると、私は自分の置かれた状況に愕然としました。まったく意に添わない方法で〝下のこと〟が、看護婦さんの手で始末されているということに気づき、情けなさと腹立たしさでいっぱいになったものです。羞恥心に蓋をして、ただじっと我慢するしかないのですから……。ホースが足の間にあることが常に意識されて、その感触がたまらなくイヤでした。しかも、寝返りひとつ打てず、目を開ければ病室の白い天井が見えるばかりなのです。

「何の因果でこんな目におうてるんやろ」と心底思ったものでした。

ウガイをするため、上半身をベッドの上に起こすのですが、それも自分ではままなりませんので、看護婦さんに手伝ってもらいました。ベッドをギャッジ・アップすれば上体は上がるのですが、体を支えることができないので、そうしてもらわないとすぐに右か左に傾いでしまうのです。それに、「ガブガブペッ」がうまくできませんから、口をすすいだ水が口の端を垂れて落ちていくのが気持ち悪くても、自分ではそれを拭うこともできないのです。当然ですが、顔を洗うこともできませんので、この時期は看護婦さんに蒸しタオルで拭いてもらっていました。

簡単にいえば、母親から何でもしてもらう生まれたての赤ん坊に再び戻ったのです。ただ、この赤ん坊は本当に困りもので、ミルク代わりの点滴の他に、命を維持するためには何本もの注射が必要な上、何ひとつ自分ではできないのです。おまけに、体は強張っていますから、一層重くなって介助する人は大変です。赤ん坊の世話にかかる何倍もの労力を要求されるのです。しかも、尿も便も赤ん坊のようなきれいなものではありません。

約半月後、やっと小水をとるためのホースから解放されました。看護婦さんが来て、「西田さん、もうこれは外しますよ」と言って紐を解いてくれたとき、思わず、「あー、せいせいせいしたわ」と呟きました。

食べ物の摂取と排泄は人間が人間であるための基本ですが、仕方ないこととはいえ、ホースで小水をとったり、紙オムツをつけたりすることはあまりにも屈辱的です。それから解放されて、私は心底ホッとしたのです。「やれやれ、一番屈辱的なことが終わってくれたんや」と胸をなで下ろしたのを覚えています。

でもこのとき、まだ私はその日その日、いや、その瞬間瞬間を生きるのに必死で、退院のその日までの努力とか時間に関して思いを馳せる余裕はまだありません。私が病院の玄関を出るには、この先、肉体的な苦痛を伴う厳しいリハビリが必要だったのです。何故なら、一命を取り留めたとはいえ、今回の脳梗塞によって、私には重い後遺症が残ってしまっていたからです。

ひと口に「脳梗塞」といっても、実は種類があるのです。「血栓性脳梗塞」「塞栓性脳梗塞」「血行動態性脳梗塞」の三つです。私の場合は「血栓性脳梗塞」でした。この脳梗塞では、呂律が回らなくなったり、片側の手足に麻痺が起きたり、視野の片側が欠けるなどの症状が出てくるそうです。それらの後遺症は、人によって現れ方も程度も違いますが、私のように糖尿病の持病があったりすると、それも症状に影響することがあると、お医者さんが教えてくれました。

後遺症は右半身、とくに右手・右足に麻痺が残ったことによるものですが、症状が重いときには左半身も思うにまかせず、歩けないほどの状態でした。今、「歩けないほどに」と形容しましたが、というより最初は歩くことはおろか、立つこともできなかったのです。いうまでもないことですが、自分が歩けないということを自覚したときは大変なショックでした。意識はある程度はっきりしているので、自分としては用を足すのにトイレへ行きたいと思うわけです。ところが、足は金縛りにあったときのようにまったく動きません。それどころか、起き上がることができない自分がいるのです。私は右半身の麻痺が理解できず、混乱するばかりでした。

あるとき、モゴモゴ動いていると、看護婦さんが来て、

「西田さん、何してますの」

と聞きました。

「何してますて、トイレ行こうと思うて」

と寝たまま答えます。

「まだ無理やわ。訓練したら少しずつ歩けるようになるから、もう少し、辛抱しよな」

「今のままではあかんのかいな」

「麻痺が起きてるんやから、そのせいで今は足が固まってるわけでしょう。徐々にね、訓練でそれをほぐしていかんと」

日頃冗談ばかり言っている看護婦さんがいつになく真剣な口調になっていました。

私はフーッと大きなため息をつきました。〝動かない、固まった足〟が急に現実味を帯びてきたのです。

黙り込んだ私に看護婦さんが言いました。

「西田さん、もうすぐリハビリ始まるから、頑張ろな」

私は、すぐには頷くこともできませんでした……。それは無理もありません、スーパーでも、パーマ屋さんでも、学会の集まりでも、お友達の家でも、行きたい所に行かしてくれた足がまるで使えなくなったのですから。


人は、自分が健康であるとその健康をまるで空気かのように意識しません。それと同じように、自分が健脚を保っているときは、自分の足に感謝したりはしません。いや、自分に二本の足がついていることすら、いちいち自覚したりはしないものなのです。私の場合も、気の向くままどこへでも私を運んでくれていた足が、突然意識とは無関係なモノになってしまったのですから、これには戸惑うばかりでした。

人から「達筆」とほめられるような字を書いていた右手には、強い麻痺が残りました。右手で思うような字が書けないということを自覚したときは、足のときと同様、本当に骨身に応えました。右手や右足に強い麻痺が起こったということは、左脳側の血管が詰まったことを意味します。そして、利き手の側に麻痺が強く出たために、私のリハビリは困難なものになったのでした……。

私は入院後一週間目ぐらいから、リハビリを兼ねて必死で日記を書き始めますが、最初の頃の字は他人はもちろん、自分でも読めません。投薬のために頭がぼうっとしていたので、何を書いたかも覚えていません。でも、何かに憑かれたように私は字を書き始めました。それなのに、「何や、これは……」指の下から現れたものは、字というより引っ掻き傷です。相当落ち込みました。

「お母ちゃん、落ち込んでるヒマなんかないんよ。とにかく自分で動かせるところは動かしていかな、治らへんのや。少しずつでええから毎日続けていかんとな。そしたら、かなり回復するて、先生も言うてはったわ」

娘は私の麻痺した手足をさすりながら励ましてくれました。

私もその言葉に希望を持ちました。いちいちショックを感じたり、メゲていては、治るものも治らないと思ったのです。確かに字は下手になりましたが、しかし、ときどきふっと込み上げてくる想いをほうってはおけません。私の場合、込み上げる想いは、日記にするか、短歌にするしかありませんでした。短歌はこの手記でも徐々にご披露するつもりです。

その最初に書いた日記から、少し抜粋してみましょう。

11／16　アサ　パン　牛乳　玉子　ジャム
ヒル　オカユ　カレー煮付け
ヨル　スキヤキ（タマネギ　トーフ　ニク　カキ　ホーレン草）
17　アサ　パン　牛乳　ジャム　バナナ
ヒル　オカユ　アスパラ　魚
ヨル　オカユ　長イモ　厚アゲ　キヌサヤ　ハーフカマボコ　オシタシ
下ホーストル

これはやっと解読できたものです。片仮名がほとんどなのは、平仮名より書きやすかったからでしょう。字の大きさもマチマチですし、また、真っ直ぐ書くことができませんでしたから、ひとつの行が上下左右バラバラに踊っているような具合です。使っていたのはサインペンでした。軽くて、力を入れなくても書くことができたからです。

十七日に、「下ホーストル」とあるのは、前述した採尿用のホースのことです。わざわざ書きとめておいたのは、それが本当に嬉しかったからでしょう。それから、ここに書かれている食事も、初めのうちは看護婦さんや家族に介助してもらって、オカユだけを食べていました。二週間ぐらい経ってから、ギャッジ・アップして上体を起こし、オーバーテーブルに乗せられた食事を摂るようになりましたが、箸はまだ持てません。代わりに、持ち手の丸くなったスプーンを使うのですが、しっかりと握れないので、食べ物をすくって口に運ぼうとしても、ほとんどこぼれ落ちてしまいます。それでもできる限り自分で食べるように、と看護婦さんに促されていました。次第に、すくったものをこぼす量は減っていきましたが、箸が使えるようになるのは、まだまだ先のことでした。

十二月に入ってからはこんな記述があります。

12／9　午前　歩行キにのった　わりと上手にのれてホメラレタ　香津子にもらったリンゴのちからカナー

13　長イスから立ち上るくんれん　汗をながしながらのくんれんに一度もできず残念！　立ち上がることのむずかしさ　明日は一度でいいから立ちたい（中略）子供たちにめいわくを少なくする様　頑張るしかない

今こうして読み返すと、我ながら本当に悲痛な思いだったことがわかります。と同時に、「随分頑張ったんやなぁ」と自分自身に感心してしまいます。

脳血管障害というのは、脳の神経細胞に栄養や酸素を送っている脳動脈の血管が詰まったり切れたりして、そのために、その部分の脳細胞が死んでしまい、機能障害が残る病気のことです。脳の働きというのは、いまだに完全には解明されていないそうですが、とにかく、場所によって異なっていて、それぞれがお互いの機能を肩代わりすることはできません。

私の場合、左脳が損傷を受けたのですが、それを右脳が助けてくれることはないわけです。左脳は「言語脳」と呼ばれ、聞いたり、読んだり、話したり、書いたりといった機能を司っているのだそうです。

幸いなことに言語機能にはあまり後遺症は残りませんでしたが、脳梗塞以前とまったく同じ状態ということはありません。発音が以前ほどスムーズにはいかなくなったとは思いますし、また、言葉を思い出すのに苦労することもあります。それでもひどい構音障害（舌がもつれ、呂律が回らなくなる）や失語症（言葉が理解できなくなったり、言葉が出てこなくなる）に陥らずに済んだのですから、恵まれたほうかもしれません。

脳梗塞では、言語機能の麻痺のために発語が困難になると、介護者とのコミュニケーションが難しくなるためリハビリにも影響しますし、言葉を奪われたショックで絶望的になり、何をするのもイヤになることだってあるそうです。

私は病気をする以前も、その後も、友人知人が多く、そして、そういう人達とのお喋りをこよなく愛するタイプでした。ですから悪戯《いたずら》な神様も、私からお喋りの道具である言語機能を徹底的に取り上げることはしなかったのだろうと思っています。まさに不幸中の幸いでした。

第三章　不屈のリハビリ開始！

「さあ、西田さんは今日から、リハビリや」

看護婦さんが体温計を私に差し込みながら言いました。

「頑張らんと、本当に体が動けへんようになるからね。しんどくてもメゲたらあかんよ」

入院して一週間後、徐々にリハビリが始まりました。

以前、脳梗塞は〝安静第一〟とされていたそうですが、現在は早期治療、早期リハビリ開始が重要とされています。患者の容体を見ながら、その開始時期を決めるのだそうですが、私には糖尿病もあったので、梗塞が重くなっていないかどうか、病院の方が様子を見ていたようです。といっても、体に重い後遺症が残っているわけですから、いきなり激しいことをやったりすることはありません。最初は指の折り曲げと、それを広げる運動です。これはベッドの上でもできるとても簡単な運動ですが、私に衝撃を与えました。できないのです。

「こんなもん、朝飯前や」と思っていたのに、できないとわかって、愕然としました。ベッド上で看護婦さんに右腕を支えてもらい、手のひらを上に向けて、指を一本ずつ折ったり広げたりするのですが、指がいうことをきかないのです。

「私には無理や……」

「脳梗塞で片麻痺が出たら最初は誰でもでけへんの。当たり前や。でも、投げ出したら、あかん。西田さん、さあ、もう一度頑張ろうな」

看護婦さんの励ましの言葉が半分しか耳に入ってきません。

「さあ、一緒にやってみよな」

看護婦さんが指を折り曲げます。そして、それを広げます。

「私はやらん。こんなんアホらしいわ」

できないことに傷ついた私は、大人げなくスネました。看護婦さんはそれでも優しい笑顔で、

「でも、やらなかったらお孫さんかて、娘さんかて、悲しむやないの。西田さんが一

番、知ってはるでしょう」

私も人並みのおばあちゃんなので、孫のことを言われるのが一番応えるのです。看護婦さんがいなくなったあと、妙にスネてしまった自分をとても情けなく思いました。

私がその後、人一倍熱心に指の屈伸運動を始めるまで、ひと晩とかかりませんでした。

「ほら、いうこときくんやで。親指、人指し指、中指、薬指、小指……」

自分では何も言っていないつもりが、時折「オヤユビ」「ヒトサシユビ」「ナカユビ」と小さく呟いていたりもしました。自分というより、指を叱咤激励しているのです。最初は何だか、指一本一本に鉛が入っているような感覚なのです。麻痺のために固まってしまった指を曲げたり、伸ばしたりすると、体の芯まで疲れます。でも疲れれば疲れるほど、動かなかった指も動くようになりました。そのテンポは本当に〝少し〟ずつでしかありませんが、一ミリが二ミリ、二ミリが三ミリと確実に進歩していきます。

この訓練を経て、私の指はかろうじてサインペンを握り、字のごときものをようやく書けるようになりました。

この時期に寝たままで手足や指を動かさないでいると、拘縮《こうしゅく》が起こり、手や足の筋肉が固まってしまうのだそうです。そうなると、リハビリによっても回復は難しくなるのです。それを防ぐために、看護婦さんや理学療法士さんが、本人に痛みが生じない程度に麻痺した手足や指を曲げたり伸ばしたりして動かしてくれるのです。自力でできることを本人がするのは、もっと大切であることはいうまでもありません。

「孫が悲しむ」と言って私を促した看護婦さんの言葉は、あとから考えてもとても重要だったのです。


「痛ッ！」と私。

「我慢して」と看護婦さん。

「人ごとやと思て」

「人ごとやから言えるんやないの」

そんな軽口をたたき合いながらやっているのは、手足の屈伸運動です。指の次の運動です。すっかり固まった関節や筋肉には、これが結構痛い運動でした。でも、看護婦さんは関節の曲げ過ぎや伸ばし過ぎが、かえってひどい関節障害を招くことを知っていますから、痛みがあっても私としては安心なのです。家族などが闇雲に動かしてしまうと「痛ッ！」となったら、もう大変……。私も息子たちにはさすってもらうだけにしていました。

その次には起き上がる練習を始めました。まず準備運動として寝返りの練習をし、また仰向けの状態で、首を上げておヘソをのぞくようにします。それからベッド上での起き上がりに移ります。今度は看護婦さんも見て見ぬふりです。患者がスネたり、落ち込んだりすることに、いちいちつき合えないということではなく、私がどう自分を克服するか、見ているのです。そのことは、何となくわかっていますから、甘えられません。

私の場合、左手と左足の健側《けんそく》（麻痺のない側）で右手と右足の患側《かんそく》（麻痺のある側）をサポートすることになります。でも、仰向けになり、ちょっと体を横に回し、腕を支えにして一気に起きるということが大変難しい……。片腕で支えるには重過ぎる胴体が自分におおいかぶさっている感じで、身動きがとれないのです。看護婦さんが要領を教えてくれますが、頭で飲み込めても、実際には体がウンともスンとも動きません。

最初の日は、胴体をちょっと左にするぐらいで終わりました。次の日、腕で支えて胴体を動かすことに再チャレンジです。看護婦さんが、肝心なところでは手を貸してくれます。そうすると確かに起き上がることはできて少し嬉しいのですが、自力という感じには遠いのです。それに、看護婦さんが手を貸すといっても、私自身の腕力も腹筋も背筋も必要です。翌日は体中がバリバリに強張って、痛いぐらいでした。

そんな努力の中、十数日で体を起こすことができるようになりました。一回できたということは、コツは飲み込めたということですから、あとは何回も繰り返すことが大事になってきます。最後には、この起き上がり運動を多いときで一日に五十回ぐらいやったものでした。

起き上がれるようになったら、次は立つ訓練です。これは、ベッドの端に浅く腰掛けておいて、よい方の手と足を使って立つといったことの繰り返しです。どこかの段階でこの立つ訓練をやらないと、麻痺側の足の関節が固まってしまい、またよい方の足まで筋肉が落ちて細くなり、本当に歩けなくなってしまうのだそうです。何週間も立っていなかった足の筋肉は、すっかり衰えていました。脹脛《ふくらはぎ》の肉が落ちて、細くなった足は色も生白く、いかにも頼りなげです。しかし、起き上がりの練習などで腕の力の入れ方などはスムーズにできるようになっていますので、皆目駄目という感じはありません。これにには支えが必要なので、ベッドのL字の柵を使いました。

最初は看護婦さんの手助けがあります。そして、やっとの思いで立ち上がったとき、いかにも重たいものを支えているのだという感じで足が小刻みに震えました。その震えが結構不安なのです。赤ん坊が初めて二本足で立ち上がったときは、そんな感じではなかったかと想像したものです。何でもそうですが、訓練は繰り返しが必要です。繰り返していくうちに、その運動に必要な筋肉がついてくるのです。か細くフニャフニャだった足にも、これを一日何十回と繰り返すうちに、だんだん筋肉がついてきました。それでも、右足の不安定さは容易には消えず、そのため、ついつい良い方の左足にばかり体重をかけるので、バランスを崩してしまいます。そうすると、体がガクッと前や後ろにひっくり返りそうになります。そうやって、「立つ」訓練だけでも大変な困難がありました。メゲそうになると、自分を鞭打って頑張ります。頑張っても頑張っても、失敗する日々が続くのですから……。

自力で立てる日は、ある日不意に訪れました。そう力み返らなくても、何とかバランスを保って立てたのです。すっと立ったあと、「あれ、私、立ててるわ」とちょっと気抜けしたぐらいでした。自力で立ち上がれるようになったら、歩行などリハビリ室で行う訓練へ進みます。しかし、その前に車椅子の訓練が必要です。リハビリ室にはそれに乗って行くほかないからです。

今、「車椅子」とごく自然に書きましたが、私はこの段階で、自分が車椅子に乗る存在になったことを受け入れなければなりませんでした。それまでの私にとって、「車椅子」は足の不自由な人のための道具でした。町でそんな方を見かけるたびに、正直言って、「気の毒やな……」と同情はするものの、どこか他人事のように思っていたものです。

ところが、それに自分が乗らなければならなくなったのです。最初看護婦さんが、「西田さん、車椅子、さあ、乗ろ」と言って車椅子を持ってきたときは、イヤな気持ちでした。自分の病状は重々わかっているのに、「ああ、やっぱり私は車椅子のお世話になるしかないんや」と思い、たまらない気持ちに襲われたのです。でも、拒むわけにはいきませんから、ベッドから起き上がり、縁に腰かけてバーをつかみ、立ち上がりました。それから、体を半回転させて、ベッドの横に置かれた車椅子に乗り移ります。これも初めは看護婦さんに介助してもらいました。「難儀やな。こんなもんに乗らなあかんとはな」渋々車椅子に乗ると、イヤな気持ちのままですから、リハビリ室までの長い廊下がそれこそ果てしもなく感じられました。

車椅子といっても、本来はそれで移動できるところまで来たんだと、自分の機能回復ぶりを喜ぶべきものだったのに、当初は自分の足の不自由さを思い知らされる憂鬱な道具にしか思えなかったのです。今思えば、この訓練に入った頃の私は、「頑張るんや。負けてたまるか」という前向きな気持ちと、「何で私だけこんな体になったんやろ」という運命を恨む気持ちとの間を行ったり来たりしていました。それに、車椅子に乗って初めてわかったことですが、乗っている者は、ほんのちょっと介助者が椅子を押すのが早かったりするだけでも恐いのです。横の廊下から何かが曲がってきたりすると、身がすくむほどの恐怖を感じたりしました。町を行く車椅子の方はどんなにかいろいろな不便や恐怖を感じているのか、自分が同じ立場になってやっと気づいたわけなのです。

忘れもしません。入院して一ヵ月半ぐらい経った頃のことです。私はリハビリの一環として車椅子で前に進む練習をしていました。ところが、まだ慣れない段階のことなので、他の車椅子をブレーキのつもりで握ったら、その反動で横転してしまったのです。ガチャン、ドテン、という派手で無様な音がしました。私は一瞬何が何だかわからず、気がつくとみんなの何本もの足が目の前にあるのです。

「痛い！」肩と頭を廊下に打ちつけていました。

「西田さん、大丈夫ですか！」

看護婦さんたちがすぐさま寄ってきて、私を抱き起こしてくれました。同じ訓練をしている他の患者さんも声をかけてくれました。私は「大丈夫や。何でもない」と答えましたが、打ちつけた頭や肩がずきずきと痛みました。念のためにレントゲンを撮りましたが、骨は大丈夫でした。

この事件のあった当座は、車椅子に乗って前へ進むのが恐くなり、「リハビリなんてもうウンザリや」と娘に弱音を吐いたりしました。「なんで、こんなん、せなならんのか、お母ちゃん、わからへん」

退院するためには絶対必要なリハビリなのだと実はよくわかっているのです。ただ娘には甘えてついつい愚痴が出てしまうのでした。

その一方で、あんな無様な倒れ方をし、一人で立ち上がることもできない自分が情けなく感じられていたのも事実でした。

今だからいえるのかもしれませんが、自分に腹を立てるというのは大事なことです。怒りの中から「脳梗塞なんかには負けへんで！」という気持ちが湧いてくるからです。

車椅子をこぐコツをつかんでくると、いつの間にか恐怖心も消え失せてきました。そして、負けん気だけでなく、もっとはっきりと、「治ってやるんや。生き抜いてやるんや」という強い意欲が芽生えてきました。

ここで、私のリハビリへの取り組みを日記から抜粋してみましょう。

12／19　隣のMさん。リハビリのトイレでこける　ベッドでまたこけたらしい　かわいそう　私は平行棒で手なしで一往復　ツエで少し歩行できた　先生に報告した

20　ツエで百二十五歩歩く

22　平行棒で六往復　木棒五十回　ツエ百五十歩

25　握力左十四　右八・五　立ち上がり七十五回　横歩き七往復

27　カイダンのリハビリ　長いすのリハビリ
29　午前中リハビリ　廊下でのツエ歩き練習　看護婦さんつき許可おりる。二階のローカ（坂）一人で上った。
30　リハビリ休み　看護婦さんと廊下往復約二百五十歩　準備体操に立ち上がり五十回横歩き三往復

隣のベッドのMさんは、私と同じような病状の方で、よくお喋りをしたり、お互いに励まし合った仲でした。

「西田さん、うち、あかんわ。トイレでもこけて、ベッドでもこけて。もう、これでは命がいくつあっても足らんわ」

「私かて、あんた、車椅子に乗っているとき、ガッチャン、こけて、ほんま、あのときは死ぬかと思いましたで」

「でも、生きてはるがな」

「あんたもやがな」

「ほんまやな」

といった老婆同士の漫才調の会話をした仲でしたが、そういう会話が、どれだけリハビリの辛さ、入院生活の単調さを救ったかわかりません。

Mさんは、リハビリのたびにこけていました。私も日記に「かわいそう」と書いていますが、しまいには二人の間ではそれも笑いの種になりました。とにかく気さくでさっぱりした方で、病室で隣同士になれて本当によかったと思っています。

「イヤや、こんな格好」と私がダダをこねます。

「我がまま言うてたら、いつまでも治らへんで」と先生が言います。

「そやかて……」と言いながら、私は涙ぐみます。

そう、忘れられないのは四つん這いにならされて、それからその場に立つという訓練です。四つん這いというと、今思い出すだけでも涙がにじみそうになります。

右半身に麻痺が残った者にとって、その運動が想像を絶する難行苦行だったからではありません。元々覚悟は十分あるのだから、難行苦行だけなら我慢もします。そうではなくて、四つん這いという姿勢が無様の極みに思えて悲しかったのです。おまけに、その姿勢から立つというのが、生まれたての赤ん坊と同じように大変なのです。

足掻き、もがきして、やっとの思いで立つと額に汗がにじんでいます。それでも立てればよいのですが、四肢、特に患側の右手足に踏ん張りがきかないので、うまくいかなければその場にペシャリとつぶれてしまいます。まるでカエルのような格好で……。無様な姿勢をとらされた屈辱と、こんな簡単なこともできないのかという悔しさとで涙がにじんでくるのです。

排泄時の全介助状態が私に与えた屈辱感も、その精神的な苦痛の大きさでいえば同じでしたが、排泄のほうが「他人にこんなことまでしてもらう」辛さだとしたら、こちらは「こんなことさえもできない」辛さでした。

「大の大人がこんな赤ん坊のような格好で、這いつくばらなあかんのか、ああ、情けない」と、この訓練のときは毎日胸の中がたまらない気持ちでいっぱいになったものです。

私が目に涙を浮かべていると、K先生がこう言いました。

「どんどん泣いたらええんや。気が強い人のほうが泣くで。それは何クソ！　と思うとるからやろ。その方がリハビリは成功する。どんどん泣いてや」

「先生、這えば立て、立てば歩めの親心でっかいな」

「その通り。ハイハイができて、そのあとでようやく赤ちゃんは立てるやないか。できたことができなくなったといつまでも思ってるから辛くなるんや。ゼロからのスタートで、やっとできるようになったと思うてみいな。初めて立てた赤ちゃんはみーんなニッコリ笑うやろ。な、西田さん、頑張ってな」

私はその言葉に泣き笑いで応えたものです。泣くことによって、自然と気持ちを発散させていたのかもしれません。また、悔しくなければ泣かないのだから、泣くということは前向きに治ろうという意欲の表れといえなくもないのでしょう。涙の解釈はあとからいろいろできますが、いずれにしろ、勝気であるがゆえに、かえって、私は悔し涙を流したクチだと思います。そして、その涙のゆえに、治りが早かったかもしれません。

入院して二ヵ月後ぐらいから平行棒の往復を始めました。最初は酔っぱらいのようにヨロヨロしていますから、両手で平行棒につかまって歩くのですが、せいぜい二、三歩しか歩けません。下手をすると足がもつれて転びそうになります。そんなときは、横についている訓練士さんがサッと両手で支えてくれました。そして歩ける距離が段々延びていきます。でも、速度はカタツムリのようなのろさです。自分では全然慎重に歩いているわけではないのですが、なかなか前に進みません。

平行棒はリハビリ室の奥の壁際にあります。壁は鏡になっていて、平行棒に挑む私の全身が映りました。ときどき横目で自分の姿を観察すると、まるでスローモーションフィルムを見ているような気がしました。それほど足の動きが遅かったのです。しかし、私は歯を食いしばって頑張りました。鏡の中の自分の顔が苦しそうに歪んでいます。目もつり上がっていて、腕の筋肉はブルブル震えています。右手、右足にはまだ十分生命が宿っていないので、左手、左足に負担がかかり、体は左側に傾いていきます。そんな自分を見ることで私は発奮しました。これができなければ退院できないのだから、どんなに辛くてもやるしかなかったのです。

一週間ほどで平行棒による歩行ができるようになりました。鏡の中の私の姿もスローモーションから普通の速度に近づいてきました。しかし、喜んでばかりはいられません。次は杖歩行に移ります。今度は両手で支えるわけにはいきません。

杖歩行では、いかにバランスを崩さずに体を前に移動させるかが肝心でした。まず杖を前に出し、次に麻痺した側の足を出して、最後に良い方の足を揃えるのですが、その麻痺した側の足から出すという動きがスムーズにはいきません。それに、足を揃えるまでの体重の移動が困難なのです。ですから、つい、壁や手すりなどに、つかまってしまいます。そうするとすぐ、

「あかん、あかん、もっと、頑張らな」

と看護婦さんからの叱咤激励が飛びました。

「そやかて、恐いがな」

「そんなこと言うてたら、一生歩けないことになるのよ。それで、ええの」

もちろん、それでは駄目に決まっています。私は、必死で気力を奮い立たせます。でも、やはり杖がよく体を支えてくれなくて、すぐにヨロヨロして、壁に寄り添ってしまいます。一歩の歩行が大変な難事業なのです。でも、この先に自分の足で歩ける日が来るのだと信じて私は訓練を続けました。

そんな日が続きました。でも、自分の足で一ミリでも前に進みたい一心で、ヨロヨロとなっては壁につかまりといったことを繰り返すうちに、日記に記している通り、

ようやく十二月「19」日に、「ツエで少し歩行できた」のです。そして、嬉しくて「先生に報告した」のです。

翌日は、もう長足の進歩を遂げています。「ツエで百二十五歩」も歩いたのです。前日まで数歩だったのですから、百二十五歩は大変な長旅です。

十一日後の三十日には「約二百五十歩」ですから、二倍になっています。この数字は、その頃の私にとってはほとんど日本一周みたいなものでしょう。入院して初めての本格的な旅行というわけです。前日の二十九日には「廊下でのツエ歩き練習」をしています。看護婦さんの付き添いがあればということで許可が下りているようです。リハビリ室の訓練から、「廊下」での訓練への移行も大変なことがわかります。リハビリ室が内海なら、廊下は荒れた外洋みたいなものでしょうか。

四つん這い、平行棒、杖歩行、横歩き、といった一連の歩行訓練の中で、ウルトラC級なのは、階段の昇り降りの訓練です。これも最初は恐い訓練でした。リハビリを開始したときよりは、確かに体全体に筋肉はついて、平行棒、杖を使っての歩行などが可能になっているにも拘らず、階段を一段昇ったり降りたりするのに、まるでエベレスト登山のような思いを味わわなければならないのです。特に降りるときは麻痺側の足を降ろして、よい方の足を残して体を支えるのですが、それが恐くて緊張してしまいます。

平面を歩く場合の体重移動には慣れたとはいえ、高低差がある階段では、自分で自分を支えきれずに「転倒したらどないしょう」という恐怖で体がすくみ、なおさら動きがぎこちなくなってしまうのです。平面を歩くのは可能でも、階段の歩行に必要な大腿部の筋肉がまだ十分に回復していないからなのです。また、バランスをとるのが難しく、風にあおられたわけでもないのに、階段をひと刻み昇るごとに、背後に倒れそうになったこともあって恐い思いもしたものです。でも、結局はそんな恐怖も克服し、階段の昇り降りもできるようになりました。

あるときから、訓練に自転車こぎが加わりました。ペダルはついていますが、車体が床に固定されて前に進まない自転車です。スポーツジムなどにもあるので、ご存じの方も多いでしょう。これを十分もこぎ続けるとびっしょりと汗をかきます。

「あー、すごい汗や」

私が隣のMさんに声をかけます。

「ほんまや、顎から汗がしたたり落ちてるわ」

Mさんがタオルで汗をぬぐいます。

「スピード違反やってると、いつもこうや」

「自転車こいでるときはええけど、降りたとき、注意してや。よう、こけはるんやから」

「わかってるて」

そんな愚にもつかないお喋りをしては笑い合いました。

私はこの訓練が最初から好きでした。自転車こぎの汗は、他の汗と違って、冷や汗ではないからです。


滑車を紐で巻き上げる訓練もやりました。これは握力の訓練です。何かの本で読みましたが、人間の生きる意欲というのは握力に反映されるというのです。死ぬ前の人間は握力がなくなるのだそうです。そんなことを知らないでこの訓練を一生懸命にやっていたのですが、はじめは赤ん坊にも負けるような握力だったものが、少しずつ、この力も回復してきました。それが、二ヵ月後の「左十四　右八・五」という数値によく表れています。何といっても最初は、「右〇」だったのですから……。

このように、はじめはあらゆる訓練には恐怖と肉体的苦痛を伴い、なかなか難儀な面があるのですが、それらを克服して、黙々と訓練をしていくうちに、絶対に「できない」と思い込んでいたものが可能になっているし、確かに一日目より二日目、二日目より三日目と進歩しているものなのです。

それを私は長く苦しいリハビリ生活の中で、十分体験しました。でも、握力、あちこちの筋肉、歩行能力は徐々に回復していきましたが、食事と排泄の自立までは、まだくぐらなければならない長いトンネルがありました。

第四章　短歌で癒す入院生活の孤独

家族以外の面会が許可された頃のことでした。

「西田さん、こんにちわ」

同じ学会員でもあり、お友達でもあるYさんが病室に入って来ました。

「まあ、Yさん……」

ギャッジ・アップしたベッドにもたれ、窓の外をぼんやり眺めていた私は、驚くやら、嬉しいやらで、左手でさかんに手招きしました。

「はよ、見舞いに来なあかんと思うたんやけど、西田さんの体に障《さわ》ったらあかんと気がねしとったら、ずるずる遅れてしもて」

「どうぞ、どうぞ」

自分ではそう言っているつもりでしたが、その頃はまだ呂律がうまく回らない時期でした。「ドゾ、ドゾ」とぎこちなく言っていた気がします。

Yさんは私が勧めるベッドの横に座りましたが、私の様子に胸を衝かれた表情をしていました。私は左手でYさんの手を握ると、

「おおきに、ありがと」

と言うのが精いっぱいでした。

Yさんはベッドの背もたれに貼られているリハビリ進捗表を見て、

「もう、こんなに進まはったんやな。エラいもんや」

と感心してくれます。

「ぼちぼちやってますねん」

「最初は動けへんかったと聞いてたで。よかったな。ここまで、ようなって」

言葉がスムーズに出ないので、私はYさんの言葉にただ頷くばかりでした。その目が潤んでじっと私を見ています。

友来る打てばひびくの仲なれば
目と目で交はす無言の励まし

「地区でもな、みんな西田さんのこと心配しとるで。私も毎日お祈りしとるんや。一日も早く治って、また元気に地区で活躍してもらわんとな」

「おおきに。頑張るで」

それだけ言うのがやっとです。

「ほんま、辛かったやろな」

Yさんの声が震えています。

その温かいひと言で私の目から涙が溢れてきました。目は口ほどにモノを言い、という格言がありますが、Yさん以外にもお友達のお見舞いを受けたとき、こちらは感謝でいっぱいで、向こう様も多分用意してきた言葉もあるはずなのに、それが言えなくて、胸を詰まらせているようなことがたびたびありました。

ひとすじの涙で交はす悔しさは
涙で返す熱き心よ

こうしたお見舞いがあると、言葉がうまく口に出せない分、心の中には歌が生まれてきました。元々私は読んだり書いたりすることが好きでしたが、入院中、思いのほかたくさんの歌を読むことができました。感性的にはかえって、研ぎすまされていたのかもしれません。

でも、何といってもありがたかったのは子供たち、孫たちの見舞いでした。とくに嫁いでいる娘は四人の子供を育て、仕事もある身ながら、甲斐甲斐しく私の面倒を見てくれました。私がいうのも何ですが、我が子ながら優しく、大変によく気もつく子で、いつの間にか最も頼りにしていました。親子の立場が逆転したようなものです。娘の見舞いが一番なのは、その前では一切見栄を張る必要がないからです。

「親孝行な娘さんやなぁ。うらやましいわ」

と看護婦さんたちにも言われましたが、私自身が誰よりもそう思っていました。

娘はほとんど毎日来てくれるのですが、それがわかっていても顔を見るまでは安心できません。家事を済ませて午前十時頃には病室へ着くはずだと思っていますから、その時間が待ち遠しくて、ベッド脇の机に置かれた時計に何度も何度も目をやったものです。でも、そんな心配は取り越し苦労で、だいたい予定通りにやって来てくれました。

「お母ちゃん、リップクリーム、買うてきたで」

「リップクリームなんか、頼んでへんで」

「唇がカサカサしてるから、塗った方がええよ」

娘が袋から出してくれたリップクリームを塗ってみます。

「ほんま、これなら、カサつかなんな。おおきに」

待ちわびる心伝はる訪問の
　娘の心に感謝伝ふる

娘は来るたびに、枕元やキャビネットやサイドテーブルの上を手際よく掃除し、花瓶の水を換えてくれます。シーツが乱れているときはそれを直していきます。それから、定期的に私の汚れた下着を持って帰り、新しいものを置いていきます。点滴から流動食、おかゆと食事内容が変わるのに合わせて、食べ物の差し入れもしてくれました。私が寝るまで何か話すでもなく、ベッドの横にいてくれることもありました。うつらうつらしているとずり落ちた毛布を引き上げてくれます。

一枚の毛布にくるむ温かさ
　娘なればと重ねて涙

ご承知の通り、私には二人の息子がいます。二男は仕事の繁忙期と重なってなかなか来られませんでしたが、長男がたびたび見舞いに来て、足を洗ってくれたり、筋肉痛の塗り薬を塗ってくれたり、差し入れを持ってきてくれたりと、弟の分まで世話をしてくれました。

「お母ちゃん、結局は、高血圧が根本の原因なんやから、退院までに先生にお願いして、血圧下げてもらわんとな」

長男は私の高血圧を、事あるごとに心配したものです。

「大丈夫や。ちゃんと、先生の言うこと聞いてるさかい」

私のいつもの答えです。すると、

「ほんまやな。血圧高かったら、オレ帰るで」

と本気とも冗談ともつかぬ口調で言い返してきました。

実際、見舞い客がいつも利用するベッド横の椅子に座る前に、看護婦さんに血圧を確認するのです。そして、血圧が安定しているとわかると、安心して話し込んでいくのでした。

血圧が高けりゃ帰ると脅かされ
　母と息子の絆強まる

無骨な息子たちですが、彼らは彼らなりに私を心配し、病気からの快癒を願ってくれたのでしょう。

長い入院生活では、肉親やお友達の見舞いがいつもあるというものでもありません。肉親にもお友達にも、それぞれの生活があるからです。彼らは彼らの日常にやがて戻っていかなければならないのです。病院の日常というのは、肉親やお友達の見舞いのない時間のことを指すのだと実際入院してみて私にはよくわかりました。お見舞いはあくまで例外、特別なことなのです。だから、入院生活で孤独に襲われたり感傷的になったりするのは、全てこの〝日常〟という時間に起こるのです。話相手がおらず、仕方なく独り言を言っている状態が長く続くと、やりきれない寂しさに襲われ、やる気が失せていってしまいます。自分で自分を憐れんで、ため息ばかりつくことになるのです。そうしたマイナス思考にとらわれないためにも、ストレスの解消法を見つけなければなりません。私にとって、それが日記と短歌であったことは前にも書きましたが、本当によい憂さ晴らしになりました。

病院の日常は心底単調です。
起床は六時。看護婦さんが起こしに来ます。
体温を計られたり、その日の薬をいただいたりします。
朝食は七時半。朝食のあと、リハビリ。
昼食十二時。そのあと休憩。
夕食は六時。
……これが毎日繰り返されるわけなのですから。
このような生活の中で、食事は大きな楽しみでした。でも、本当のところ、「ほんま味ないな……」というのが毎日続くのです。病院の食事は栄養とカロリーの点では申し分ないのですが、作りたての熱々は望むべくもなく、また私の場合脳血管障害の上に糖尿病でもある病人食ですから、食材的にも調理方法の点でも味気なさは否めません。それでも治りたい一心の私は、好き嫌いは一切言わず、三食ともきれいに平らげるようにしていました。娘や息子たちが見舞いに来てくれるたびに、看護婦さんの許可を得て、私の好物を差し入れてくれましたが、それが単調な病院のメニューに彩りを添えてくれました。


「ほな、もう帰るわ」

娘が椅子から立ち上がり、持って帰る荷物を用意し始めると、私はついついため息をついてしまいます。娘も日中ずっと病院にいるわけにはいかず、夕方には帰ります。逆に午後から来て、夜までいてくれることもありましたが、それでもそれ以上長くはいられません。

夕食が終わり、八時を過ぎたら、病院の規則で見舞い客は病院を出ていかなければなりません。それからの時間が気が遠くなるほど長いのです。

看護婦さんが体温を計りに来て、薬をくれたり、必要なときは注射を打ったりします。人によって、消灯までテレビを見たり、隣のベッドの人と話したりして過ごします。結局は、入院患者には、これといってすることがないのです。そして、消灯の九時に向かって時間がノロノロと過ぎていきます。部屋の中で動くものは壁の時計の秒針だけ……。

これが、来る日も来る日も続くのです。これほど手持ち無沙汰な生活もありません。

病室のガラスに映る灯の明かり
月かと紛《まが》ふ円の照明

会話する相手のいないとき、私は漫然と窓の外を見ていることが多かったように思います。でも、私の目に見えているものは外の景色ではなく、窓ガラスに映し出された病室の中の「円の照明」だったりするのです。消灯すると、非常灯だけが灯って病室はいっせいに暗くなります。そして病人の一日は終わるのです。その瞬間を待つともなく待って過ごしました。

昔の演歌には孤独をかこっている身だけれど、月だけが私を見ていてくれる、といった歌詞が多かったと思いますが、それと似た心境と言っていいでしょう。

入院中はよく夢を見ました。不思議ですが、とくに亡くなった夫が頻繁に現れたものです。

あるとき、夢の中に現れた夫にすがりついて、

「お父ちゃん、リハビリ、辛いんや」

と訴えると、夫は私の麻痺した右腕を上手にマッサージしてくれました。私が「おおきに、楽になったわ。やっぱりお父ちゃんや」

と言うと、

「そうか、よかったな。また来るな」

と優しく言って、ニッコリ笑うとスーッと消えてしまいました。

目が覚めてから、夫が心配して来てくれたのだと思い、涙がこぼれてきたのを思い

出します。

幸せを夢で尋ねたかの人は
死して別れた子らの父なり

夫は平成十年五月、ガンで亡くなったのですが、その末期の頃のことです。告知はしていなかったのに、やはり、何かは察知していたのでしょうか。病院のベッドのそばで看病を続ける私を気づかって、事あるごとに私の手を握って「おおきに」と言うのです。

「お父ちゃん、何言うてんの。私ら夫婦やないの」

「お前には苦労ばかりかけたさかいに、言いたいんや」

私はそんなとき、顔を背けて涙を見せないようにするのが、精いっぱいでした。当時はあらゆる手を尽くしたと思っていましたが、眠れずにベッドの上で目を開けていると、ああもしてやりたかった、こうもしてやりたかったと苦い思いが込み上げてきます。きっと私は心細くてならなかったのでしょう。眠れない夜ほど、病床の夫の気持ちが胸に迫ってきたのですから。

昔から病は気からというけれど
デリケートなる我が身悲しき

雨がしとしと降る日などは、何故かしら、巷のことが思われて孤独がつのりました。病院はシーンと静まりかえり、そのなかで心までもが冷たい雨で濡れてしまいそうなのです。

降る雨に心湿りて流す涙
　心の晴るる時を待つのみ

少し体に自信がつき、自分で車椅子が動かせるようになってからは、廊下に出て、公衆電話から友人に電話をかけたりしました。ところが、こういうときに限って、相手が出ないのです。しばらく受話器を耳に押しつけたままなのですが、あのルルルルルという機械音が流れ続けるのです。がっかりして長く暗い病院の廊下を車椅子をこいで再び自分のベッドに戻るのですが、心はずっしりと重くなったものでした。

無理をして君にTEL《でんわ》を送れども
　コール音《おん》無き留守は淋しき

でも、どんなに長く孤独な夜もいつかは終わり、朝がやって来ます。カーテン越しに朝日の光が膨《ふく》らみ、病室を明るく照らし出す頃、リノリウムの廊下を踏みしめて看護婦さんの足音が響いてきます。きゅっきゅっという乾いた高音が大きくなるにつれ私の気持ちも昂揚します。

「西田さん、おはようございまーす！」

この看護婦さんの元気なヒマワリのような明るい笑みが、私を孤独地獄から救ってくれるのです。そんな朝を何度迎えたことでしょうか。

私と同じような症状で入院して、気さくだった人が同室者を避けるようになったり、明るく朗らかだった人が暗く無口になったりする話をたくさん見聞きしました。実際、リハビリが思うように進まなかったりすると、前途を悲観して、人は気力を奪い取られます。以前できていたことができなくなり、自信喪失にも陥ります。私もたびたび気がふさいで愚痴っぽくなりましたが、病気を治して、前の生活を取り戻したいという思いだけは投げ出しませんでした。

これには、家族の温かい支援の手が重要な役割を果たしました。家族が、病人のヤル気を大きく左右するのです。体の機能が低下したことにしても、家族の側に「百パーセントなんて無理。少しずつできることを増やしていけばいい」ぐらいの余裕があれば、病人も焦燥感を抱かずに済むのではないでしょうか。私は、私の性格を知り抜いている子供たちにうまく持ち上げられたり、叱られたりしながら、上手にやる気を引き出してもらった気がします。

第五章　身体機能の好転！

「持てたで！」

と私は、箸を持った自分の指先を見て快哉を叫んでいました。

「西田さん、よう、やらはったな」

と隣のMさんも喜んでくれていました。

身体機能上、好転したことで、一番の思い出はやはり、平成十三年の一月六日に割り箸を持てたことです。これは入院生活の中ではやはりダントツに画期的な出来事なのです。当然のことですが、二本の箸を指に挟んで動かすという、簡単過ぎてほとんど無意識にしていた日常の行為が私にはできなくなっていました。麻痺した手の指先にはまるで力が入らず、指の間から箸がぽとんと落ちてしまうのです。指先の感覚を回復し、指に力が入るようにするために、指を順に繰り返し折る練習をどれほどやったことでしょう。滑車の訓練をどれだけやったことでしょう。だから、障害の残った指先にちゃんと神経が行き届き、ちゃんと力が入り、二本の箸が一応思い通りに握れたときは、天にも昇らんばかりの嬉しさでした。

「頑張った甲斐があったやないの。もう、少しや」

お世話になった看護婦さんも喜んでくれるし、お医者さんも見舞いに来た娘も息子たちもお友達も喜んでくれるのです。たかだか、箸が使えるようになっただけなのに、我ながら大仕事を成し遂げたような気分でした。

人の子供は生まれて初めて箸を持った日には、母親を始めとして家中の称賛を受けますが、その日の私はまるでそんな感じでした。倒れてから二ヵ月以上経ってのことでした。

とにかくあの日の嬉しかったことは忘れられません。翌日の日記にも、「香津子にもらったバッテラがハシもて　たべられた」とちゃんと書いてあります。

それだけではありません。

箸の次に忘れられないのは、それから五日後の一月十一日、朝一番に、自分の足でトイレに行けたことです。もちろん、完全な自立ではなく、看護婦さんに体を支えてもらってではありますが……。

　入院してすぐの頃、私はベッドの上で用を足していました。つまり、採尿器や紙オムツのご厄介になっていたのです。いかにカーテンで仕切ってあるとはいえ、すぐ隣に他人がいるところで体をあらわにしてオムツ交換をされていると惨めな気持ちになります。それに、体を必要以上に露出しないようにといった心配りは、結局介助のスピードを妨げるので、なかなかはかどりません。ベッド上で下半身を他人の目にさらしている自分の姿はたまらなく恥ずかしく、右へ左へと体を動かされながら、また汚れをとってもらいながら、早くこの時間が終わるようにと思っていたものです。

「えらい、すんませんな」

「そんな、いちいちすんませんとか言わんで下さい。私たちの仕事ですから、気にせんでもええんです」

　看護婦さんはみなさん親切で、排泄の世話をしてもらっていることを私たち患者がすまないと思ったりしないように、いつも明るく手際よく処理してくれました。それでも、患者の側には恥ずかしいとか申し訳ないとかいった気持ちが湧いてきてしまうものなのです。中には「こんなことまでしてもらうようでは人間として終わりや」ぐらいに思う人だっているのです。私は一日も早くこの状態を脱したいと切に願っていました。あるいは、それも辛いリハビリを乗り越える一つの力になったかもしれません。それぐらい苦痛でした。

全介助でベッドの上での排泄を済ます次の段階は、看護婦さんに手伝ってもらいながら、車椅子に乗ってトイレに行くことでした。でも、それではまだ自立できたとはいえません。トイレのドアを開け、車椅子から立ち上がって便器まで移動し、衣類を下ろして便座に座るまでに何度も介助を受けなければなりません。排泄は結構複雑な動作なのです。

車椅子でトイレに行くことができるようになった段階の次は、杖歩行でのチャレンジになります。私は左手で杖をつきますから、トイレのたびに、看護婦さんが右側について介助してくれました。排泄も人間の基本ですが、二本の足で歩くことも基本です。その二つの基本動作が我が家に帰る前に、どうしてもできていなくてはならないのですが、それがこの日の朝ついにできました。

「よかった。よかった。見違えるようや」

看護婦さんも感激の態です。

「頑張った甲斐がありましたわ。ほんま、ありがとう」

もちろん、まだ看護婦さんのサポートがついた状態です。看護婦さんが脇を支えてくれて、また、励ましの言葉をかけてくれて、精神的な頑張りも促してくれる状態です。でも、サポートがついた杖歩行とはいえ、自分でトイレに行けるようになったということは、退院に向けて、とても重大な第一歩を踏み出したことにほかなりません。

「よっしゃ、一人でできた！」

完全に自分の力だけでトイレに行き、無事用を済ますことができたのは、一月十六日のことでした。壁伝いにそろそろと行ったのですが、このときはこれまでのような看護婦さんのサポートはありません。歩幅も速度も大して変わりはないのですが、この日の歩行は完全に自立したものでした。やがて、トイレにたどり着きました。トイレの中は私一人だけです。手すりをつかみながら、トイレのドアを閉めると、思わず目はコール・ブザーの位置を確かめていました。少しでも危ない状態になったら、ブザーを押すように看護婦さんに言われています。でも、「押さへんで！」と心に決めていました。それなのに、トイレの中で一人になると、まだ不安にかられるのです。私は慎重に体を動かし、一連の排泄にかかわる動作を一人で何とかこなしたのです。全てを済ますと、「フーッ！」と大きな息を吐きました。トイレを出て、洗面台で手を洗いました。鏡には私の満面の笑顔が映っています。「どんなもんや、もう、大丈夫や！」私は鏡の中の自分に言いました。どんな無様な格好でも、トイレに自分の足で行くということがこれほど嬉しいとは夢にも思いませんでした。独立独歩という言葉の意味が改めてわかった次第といってもいいでしょう。

私はこの大病を患って、人間的に大きな修行をしたつもりでいますが、その意味は、箸を持つ、自分の足で立つ、歩く、そしてトイレに行く、顔を洗う、字を書く、人とお喋りをするといった、体の機能のありがたさをひとつひとつ再認識できたことを指します。

幼児は、箸を持てたといって喜び、自分の足で立ったといって喜びます。この大病は私に「もう一度幼児のように純粋な存在に戻れ」と言っていたのかもしれません。

その意味であったなら、私は十分に幼児に戻りました。朝を迎えられたり、快晴のお天気を窓から見たり、ただそれだけのことに改めて感謝の気持ちを抱くことができるようになったのですから。

何となく楽しい日々を送るのも
心の切り換へ感謝からなり

第六章　リハビリ専門施設での闘病第二ラウンド

平成十三年一月二十五日、Ｓ病院の三ヵ月の入院生活を終えたのち、すぐ近くにある私立のリハビリ治療専門の老健施設に入所しました。病院での内科的な治療は一応必要がなくなったということで、今後はリハビリ中心の入所生活、つまり、闘病の第二ラウンドに入っていったわけです。

Ｓ病院から退院する日、といっても家に帰れるわけではありません。既述したように、リハビリ施設に移動しただけのことなのです。ですが、私は数時間ではありますが外の世界を感じることができました。ちょうど、この日は横山ノック前大阪府知事が例の情けない不祥事で辞任し、後任を決めるための府知事選挙の投票日だったのです。

「お母ちゃん、どないする」

「市民の義務や。連れて行ってくれへんか」

「よっしゃ」

長男と私との間にはこんな会話があったように記憶しています。

私は義務を果たすべく、長男の運転する車で投票所に向かいました。町は華やいでいました。車の中から、外を眺めていると、行き交う人々の楽しげな顔が目に入ってきます。それは町中で見られる普通の光景なのですが、当時の私にとっては、まるで人々が自由を謳歌しているように見えて、嫉妬と羨望を感ぜずにはいられませんでした。私の想いに気づいたのでしょうか。長男は、

「もう少しの辛抱や」とそっと慰めるように言いました。

投票を無事済ませると、施設に直行しました。ほんの少し外の世界の空気を吸ったわけですが、本当に自由になるのはまだまだ先のことなのです。再びリハビリの日々が始まります。寂しがってばかりはいられません。私は「絶対負けへんで」と気をひきしめました。

この施設では、リハビリ専門の先生が二人いました。患者さんのほうは常時二、三

十人ぐらいいたかと思います。ここでも私は手足を動かすリハビリに専念しました。リハビリの基本的なことは、S病院で全て行ってきましたが、その早期リハビリでやっと回復した機能を維持し、一層改善させていくのが、次の課題となります。こちらの施設でのリハビリもいろいろな種類のものがありましたが、完全に新しい訓練というのではありません。病院の訓練を、変化させ、強化させたようなものばかりです。

まずは、マット運動です。マット上でゆっくり起き上がり、次に、逆に横になる訓練。これらは自宅へ戻ってからの起床、就寝時の動きをスムーズにするためのものです。また、仰向けになって、両足だけ六十度ぐらい上げる訓練もしました。脚の筋力をつけるためです。

椅子から立ち上がったり、しゃがんだりする運動。立った姿勢で左右にバランスを取る運動。片足立ちの練習もしました。

平行棒はS病院でもしましたが、よりレベルアップした訓練を施すこちらでは、両手は使わず、片手でつたい歩きする練習もしました。速度は前より早く、回数は前より多くやりました。

また、階段を手すりにつかまって昇り降りする練習も何度も繰り返しました。いずれも、歩行訓練に相当しますが、病院より〝自立〟の要素が一段と強くなっていました。

危険なときは、訓練士さんたちが手助けしてくれますが、そうでないときは見守っていたり、声をかけるだけです。

そうしたリハビリが進むにつれ、少しずつ鍛えた筋力全部を使っての歩行そのものの訓練も始まりました。最初は少しずつ、次第に長くなり、施設の長い廊下を行ったり来たりするところまで到りました。前の病院が百歩だとか、二百歩といっていたのが、こちらはもっと長く歩くのです。廊下を突っ切り、曲がり、行き当たったら、また戻ってくるような長い距離を歩くのです。歩数にして四百歩から六百歩は歩いたでしょうか。歩き終えると、ふーっと大きく息をついたものです。

ところで、建物の内部の通路は表面に何の凹凸もありませんから、そこでの歩行はスムーズにいくようになりましたが、実際に退所してから歩く自宅の周辺は、そんな平坦な道ばかりではありません。そこで、歩行訓練は屋外でも行われました。多少の凹凸や段差といった障害物があっても何とか歩けるようになったのは退所が間近になった頃でした。

さまざまな訓練を行いましたが、リハビリは決して孤独な作業ではありません。ちょっと見渡せば、私と同じような症状の人がみんな必死で頑張っているのです。私よりはるかに年上の方、丸坊主にして頑張っている女性の方、私より症状が重い方、反対に軽い方といろいろいました。それらの方を見ると私も頑張ろうと自然に思えてきました。苦境に陥っているのは自分だけではないのです……。

平行棒で歩いている私に仲間の声がかかります。

「西田さん、ずいぶん早くなったやないの」

「当り前や、毎日やっとるんやから」

「難儀や。私にはようでけへん」

「できんのやのうて、せんのやろ」

「相変わらず、厳しいなあ、西田さんは」

前の病院からの顔見知りの人と、そんな冗談を言い合ったりしたものです。

確かに初めは患者同士お互いに、どっちの病状がいいのか悪いのか、探り合うような気があったのですが、だんだんそんなことはどうでもよくなったことを思い出します。自分もいつの間にか必死になっているし、周りの方も必死になっているからです。簡単にいえば、人のことを気にしてはいられなくなるのです。

そして、リハビリが終わり、一同の顔にほっとした表情が表れる瞬間があります。私はその瞬間が好きでした。

リハビリの部屋になつかし友二人
　顔見合はせてほころぶ笑顔

第七章　出てこいグループ結成

リハビリ施設の訓練は集団で行うわけですから、〝同病相励ます〟という面がありました。この言葉は〝同病相憐れむ〟から作った私の造語です。前章の最後の短歌の〝ほころぶ笑顔〟はその意味でも大切な笑顔なのです。

こちらの施設での入所生活は、あとはリハビリで身体機能を回復させるという段階の患者さんたちばかりで、Ｓ病院とは違い未来に希望がはっきりと見えるのです。〝同病相励ます〟といった光景が本当に多く見られました。それを具体的にいいますと、各部屋に声をかけ、みんなで誘い合ってリハビリ室へ行こうといったもので、その声の中心は何を隠そう、この私でした。それを私は「出てこいグループ」と名付けて、施設中に広めました。こうでもしないと患者さんの中には、日がな一日自分の思いの中に引っ込んで、人と交わろうともしないし、積極的にリハビリに取り組もうとしない方もいるのです。施設がそういう方の醸《かも》し出す暗いムードに支配されては困るのです。施設での入所期間は三ヵ月と決まっています。その期間内に何とかしなければならないのですから、一日も無駄にはできません。一日一日、昨日より今日、今日より明日と希望を持ってリハビリに取り組むには、ヒマワリのように明るいムードが必要なのです。そのムードメーカーを私が買って出たというより、元来そういう人間なので、苦もなくその役割をやっていた、というのが真相でしょう。

「さあさあ、出てこい！　出てこい！　今日もリハビリの始まり始まりや！」

そんな調子で病室に声をかけて回りました。すぐに応じて病室から出てきてくれる患者さんがほとんどでしたが、中には布団を深くかぶって背を向けている患者さんもいます。そんなとき、私はそばまで行って「一緒に行こ。辛いのはみんな同じやないの。頑張ろ」と呼びかけました。多分、「大きなお世話や、自分だけ行けばええやないか。人のことはほっといてくれ」と思っていた患者さんもいることでしょう。でも、私は〝同期の桜〟ではないけれど、みんなで元気にリハビリを成功させたかったのです。

施設での一日のスケジュールはS病院とはかなり違いました。

6時　起床　洗面・着替え
7時20分　食堂におりる
8時　朝食
9時20分　体温・血圧測定
10時　一階リハビリ（月・木）
フロアリハビリ（火・水）
11時20分　食堂におりる
12時　昼食
13時30分　風呂（火・金）
14時　風呂の日以外はレクリエーション
15時　おやつタイム

16時20分　食堂におりる
17時　　　夕食
19時　　　着替え
21時　　　消灯

ご覧のように、少しでも身体を動かし、リハビリ中心の一日となるようにスケジュールが組まれていました。また、朝の「洗面・着替え」が重要です。病院ではパジャマ姿で一日過ごしていたわけですが、ここではまずパジャマから普通の服に着替えて一日が始まります。全てが退所後の自宅での日常生活に即しているのです。実際、洗面して髪を整え、パジャマを脱いでたたみ、トレーナーやセーターやズボンに着替えると、一日が始まるというフレッシュな気持ちになれたものでした。

三度の食事はいちいち食堂に移動するわけですが、リハビリに消極的で部屋にこもりがちな方でも、食事の際には動かざるをえません。そのあたりも考えてあるのでしょう。

「肉豆腐や、私大好き」と私。

「肉豆腐いうたかて肉はちょっとしかないねんな」と隣のMさん。

「ここの肉はダシやねん。豆腐と野菜だけを食べろっちゅうことや」とその向こうのNさん。

とまあ、誰もがにぎやかなこと……。

食堂でみんなと一緒に摂る食事は、ベッド上で一人で黙々と済ませる食事と違って話が弾み、食も進みます。それに、食事は規則正しい生活のバロメーターでもありますから、三度三度きちんと摂る習慣を身につけておくことは大切なのです。

リハビリは設備の整った、専門の理学療法士や介護士のいる施設でなければ成功しないというのは、自宅では右のようなスケジュールを組んでメリハリのきいた過ごし方をするのは難しいからです。それに、「バリアフリー」と叫ばれていても、実際自宅を障害者用のバリアフリー住宅に改造できる人はほとんどいないでしょう。部分的な改善が精いっぱいのはずです。その点、機能回復訓練に欠かせない設備が施設には全て揃っています。施設では効果のほどを確認しながら、患者一人一人に適したリハビリの進め方をすることが可能なのです。また、自宅だと人は甘えてしまいます。家族もついつい大事にするあまり、本人に努力させるより先に手を出して介助してしまいます。それではリハビリは前に進みません。厳しいリハビリを乗り越えるには、甘えられない環境が必要なのです。

リハビリは意外に女性の方が頑張ります。男性はプライドが高くて、人の目を女性以上に気にするので、病気によって身体機能が低下した自分に耐えられないのでしょう。中には鬱病になる人もいるのです。「出てこいグループ」も女性の参加が多かったのですが、次第に男性も加わってくれるようになり、だんだん人数も増えていきました。

「オレは西田さんだけには負けへんで！」と元気なKおじいちゃんが言います。

「言うてくれるやないの。よっしゃ、受けて立つわ」

「オレは今日平行棒百回いくで」

「ほんなら、私は百五十回やな」

負けず嫌いの私は、万事この調子です。だから、この施設でも新たなお友達もできたし、お友達とまではいわなくとも、手紙や葉書をその後もやりとりする人もできました。彼らは私より、先か、あるいはあとかに退所し、リハビリ中の表情を知っているがゆえに、その後やはり気になる方ばかりなのです。

病室の友みな姉妹ほがらかに　心やさしき312《さんいちに》部屋

協調性がないと相部屋での生活はスムーズに送れませんが、自分以外の人にも興味や関心を持って声をかけ合うことは、自分を前向きに保つためにも大切なことです。「さあ、出てこい!」という掛け声は、そのためにも最も効果的なものでした。

病室の仲間とおおむね仲良くできたことは、リハビリに専念できるという意味で大変よかったと思います。入院の仲間というのは基本的にはベッドで隣り合わせであるわけだし、寝るときはその間に薄い布のカーテンを一枚引くだけの関係ですから、仲が悪かったらやっていられません。なるべく仲良くなれるように私の方から積極的に努力したことは確かですが、同室の方々もお互いの気心が知れてくると、私の「何事も楽しく明るく」という性格をうまく引き出してくれました。ボケ役の人もいてくれて初めてツッコミも生きるというものです。

でも、人間というのはやはりいろいろで、中には夜中になるとせんべいをバリバリ食べる人や、多くの訪問者と時間もわきまえずにいつまでもべらべら喋るような人や、何故か夜になると割り箸で自分の腰や足をたたく人もいました。カーテン越しにそれをやられるとたまらないものがありました。

「ちょっと、あんた、せんべい食べる時間やないで」

私は物事をはっきり言う質《たち》です。その人は、そのときはやめますが、翌日またやるのです。幸いなことに、そういう人はいつの間にか退所し、そうそう長くは一緒にいなかったので助かりました。カーテン一枚で赤の他人と一緒に生活をするということは、そういうことなのだと、私もどこかで諦観していたものの、長く一緒にいたら確かにこっちの神経が参っていたでしょうから……。

病院には眠れない夜があります。

「安定剤、飲みたいんですが」

すると、看護婦さんは大抵こう答えます。

「あんまり飲まない方がええんと違う。どうしても、と言うのやったら別やけど」

看護婦さんの言う通りなので、なるべく服用しないように努力していました。けれども、そのために周囲の物音が気になったり、先行きが不安になったりして、ますます眠れないという悪循環に陥ったものでした。そんな状態も日記に綴っています。

2/6　安定剤なしでねられるか試してみようと思ってのまずにねた　10時ごろねたが　11時30　1時　2時30　4時　5時30　とトイレにおき　一スイもできなかった　いろいろと思いが走り4ジスギうとうとした時夢をみた　元気にカバンをもって歩いている眼前に石の段が見える　こけたらケガをする　誰かがチョット支えてくれないかナーと思い左右をながめた時に目ざめた

3/8　夜　安定剤ナシでねると2時ごろから1時間毎にトイレにいきねむれない
4時30起床　昼は顔ソリ　フーセンバレー等充実していた

3／31

真夜中の12時　明日の事を考えるとねむれない　9時から10時まで1時間ねただけだ　今後のことをいろいろ考えると楽しい事が一杯　期待がふくらみすぎてかえって不安もよぎる　一人一人の顔が浮かんで来て喜びと心配が交さくしている（中略）隣で大きなイビキが苦しそうだ　トイレにいく　イビキが苦しそうで気にかかる　ガサガサ紙の音　致し方なく安定剤をのむ

日付不詳

昼によく眠れたので　今晩はねむれない　いつごろ退院できるのかその後どうするのか　未定のまま日を送っている　こんな計画性のないくらしでいいのだろうか

眠れない夜の不安や焦りが伝わるでしょうか。「出てこいグループ」の先頭に立ち、どんなに前向きに頑張っていても、こうした辛い夜が幾度となくあったのです。

第八章　退所までもう少し……

リハビリ施設は、不眠の夜を耐えれば耐えるほど、退所が近くなっていく所です。実際、何くれとなく看病してくれる肉親や、訓練士さんや看護婦さんに恵まれ、病状は確実に好転していくのがわかりました。その回復は体の内部の微かな動きなので、確実に見え、手に取るような確証が日々得られるわけではありません。でも、少しずつではありますが、確かに治っている実感があるのです。傍から見ればほとんど変わらないように映ったとしても、本人にはわかります。それが本当に嬉しいのです。

例えば歩行の速度にそれはすぐに現れました。あるとき、黙々と訓練していると、

「西田さん、歩きっぷりがよくなったんと違う。もう百点満点あげられそうや」

そう看護婦さんが言います。

「ええこと聞いたわ。そんなに言うなら、明日にも退所させてくれますか」

「そりゃ、無理や」
敵もさるものなのです。

日を追って元気あふれる嬉しさは
歩む力が笑顔に変はる

「歩む力」は昔に比べれば、まだたどたどしいのですが、まったく歩けなかったときのことを思えば、施設での回復には心底〝嬉しさ〟がありました。

リハビリが順調に進むにつれ、施設の日々はより充実したものに変わっていきました。そうなると朝を迎えるのも本当に楽しみになったものです。前日のリハビリで心地よく疲れ、ぐっすり眠った翌日は体調も万全です。「ああ、ええ天気や」病室の窓のカーテンの間から、定規で引いたような朝日が差し込む気持ちのいい朝には心まで軽く弾み、何ということもなくウキウキしました。

そんな朝、私は窓辺に立って明るい日差しを浴びながら、一人で万歳をしたものです。右手はあまり上がりませんが精いっぱい伸びをして、二度三度と繰り返しました。そうすると、今日も一日頑張ろうという意欲が湧いてくるのでした。

晴れの日を天を寿《ことほ》ぐこの光
諸手《もろて》をあげて一人でバンザイ

そして、順調に進む私のリハビリを側面から支えてくれたのがお友達でした。学会の仲間は何度も見舞いに来てくれました。時には私が風呂に入っていたりして会えないまま帰られることもありましたが、そんなときには、ベッド横のテーブルに書き置きをしていってくれました。

「西田さん　お元気ですか。今日うかがいましたけれど　おられないので帰りますが、早く元気になって地区に帰ってきて下さいネ」
文面から、優しい気持ちが伝わって、心が慰められたものです。

いつの日に会へると思ふたのしさに
たまに聞きたいなつかしの声
降る雨に友の情を思ふれば
早く会ひたいなつかしの友

リハビリ施設には平成十三年の一月二十五日から四月二十五日までいたわけですが、その間に、季節は真冬から春へと移り変わっていきました。施設の中は冷暖房が整っているため、季節を忘れがちなのですが、窓の外の風景は正直に季節のカレンダーをめくるのです。

窓の外には道を一本隔てて幼稚園があり、そこの建物正面に幼稚園のマークが見えました。そのマークの周囲の影のこまやかさにも季節の微妙な変化が感じられました。その影が濃くなれば濃くなるほど私の退所は近づくのです。

「花見、連れて行ってくれるて、言うてはったでしょう」

私が看護婦さんに聞きます。

「言いましたよ。みなさんへのごほうびやからね」

「嘘ついたら、舌切りまっせ」

私はせいぜい凄味を効かせて看護婦さんを脅かしました。それほど花見が待ち遠しかったのです。「お花見」という行楽に出かけられるほど自分が回復したのだと思えたからですし、リハビリを耐え抜いてきた仲間全員と一緒にワイワイ楽しみたいとの願いもあったからです。それに、「出てこいグループ」にとって、最初で最後の記念行事になるだろうとの思いもありました。テレビやラジオで桜前線のニュースをやっていましたが、元気なときは別段気にもならなかったのに、施設ではいつもの年よりそわそわしていたかもしれません。

病室の窓の外には相変わらず幼稚園のマークがあるだけで、桜など別段見えないのですが、桜が咲くと空気が違います。空気もピンクに染まるのです。もちろん、それは心眼で見るピンクだから、感受性のない人には見えない色です。でも、確かに空気が染まるのです。

私は指折り数えてその日を待っていました。見舞いに来る娘も、「お母ちゃんまるで小学生の遠足やなぁ」と私のはしゃぎぶりに苦笑していました。

そして、その日、婦長さんや看護婦さんたちが私たちを近くの住吉川の土手まで連れ出してくれました。私たち患者、引率の看護婦さんたち、総勢十数名のお花見行列です。お天気もよく、風もほとんどなく、絶好の花見日和でした。

施設から住吉川の土手まではおよそ三百メートル。土手が近づくにつれ、心は弾んでいきました。桜には梅のような香りはないはずなのに、桜の匂いまで漂ってくるようです。そして、とうとう土手に続く桜の並木が見えてくると、私たちはいっせいに歓声をあげました。誰もがみな、いつのまにか笑顔になっていました。土手には桜が雪かと見紛うような薄いピンク色を棚引かせています。はらはらと散る花びらが私の頬にも舞い落ちてきました。それはそれは陶然とするような美しさです。このとき、私は珍しく短歌ではなく、俳句をひねりました。

住之江の川面にはゆる桜かな

カルチェの娘千両花見宴

「きれいやわ！」

「ほんまになぁ！」

「こんな見事な桜見たことないわ」

「我々の日頃の心がけがよかったたっちゅうことや」

私たち患者や、看護婦さんたち〝娘千両〟は、桜の花を眺めながら口々にそう言い合いました。時々、笑い声さえ湧き上がります。

いつもは押し黙っていることの多いあの人も、リハビリ中に弱音を吐いて泣き出したりするこの人も、満面の笑顔です。

桜の名所はこの大阪にもたくさんありますし、誰にでも自分だけの名所があるかもしれません。しかし、この日の私たちにとって、住吉川の土手の桜は日本一の美しさでした。帰り道で、私は看護婦さんにこう言いました。

「私らには最高のプレゼントやったわ。みなさんのお蔭です。ほんまに、おおきに」

私たちは桜見物を堪能し、晴々とした気持ちになって施設に戻りました。私は静かな闘志が湧くのを感じました。こうした看護婦さんたちのご好意に報いるためにもリハビリを頑張ろうと心に誓ったのです。


この頃は、もう握れなかった箸、書けなかった字、歩けなかった足、行けなかったトイレ、昇れなかった階段、全て一応克服しました。体のいろいろな部位に再び生命が宿り、それらの機能を回復していたのです。もちろん、昔のように完全に箸を持てるということではありません。幼児のように不完全な持ち方です。字も昔から比べると、涙が出てきそうなくらい下手な字です。歩くのだって、颯爽《さっそう》という感じからはほど遠いのです。でも、それでもいいのです。完全に回復しなくても、命を取り止め、苦しい苦しい経験をし、そして、それに打ち勝ったなら、それでもいいのです。

この花見から約一ヵ月後の四月二十五日、私は退所しました。前年の十月二十五日に入院した日から数えて、丁度六ヵ月目のことでした。

第九章　二本の足で颯爽と退所

「西田さん、自分の二本の足で、施設出るてずっと言うてはったけど、やっとその日やな」

朝、看護婦さんがそう声をかけてくれました。

「そや。二本の足で、ここを出るのが私の目標やったから、絶対に歩いて出るんや」

「でも、あんまりそわそわせんと。最後の日にこけたら困る」

「確かにな」

実際、嬉しくて嬉しくて朝からそわそわしていました。しばらくすると娘も長男もやって来ました。最後の朝食、最後の検温、最後のリハビリ体操、そして、前日にまとめておいたさまざまな入所道具をバッグに詰めて、先生や看護婦さんや同室のお友達にお礼を言って、施設をあとにしました。

施設の建物を出るとき、娘は止めましたが、ちょっと坂になっている廊下を、自分の足で歩き、施設のドアの外に出ました。まぶしい陽光がぱあっと私を照らしました。胸の中いっぱいに六ヵ月ぶりの町の空気を吸い込みました。自由の味のするおいしい空気でした。

我が家へと長男・雅昭の車に乗って帰りました。途中見慣れた町並みが見えました。車の往来、人の往来、あまり美しいとはいえない大阪下町の空、そんな変哲もない風景が、何ともまぶしかったこと……。

家に到着し、玄関の戸を開けると、「ただいま!」と大きな声で言いました。家全体が「お帰りー」と返事をしてくれているような気がしてなりませんでした。あれほど帰りたくて仕方なかった家にやっと帰ることができたのです。仏壇の中の夫も待ってくれていました。お線香を上げて鉦《かね》を鳴らし、お題目を唱えました。

「お父ちゃん、無事に家に帰ってこれたで。見守ってくれてたんやな。おおきに」と夫へ帰宅の報告をしました。仏壇の夫の遺影が優しく微笑んでいます……。

昭和二十三年、二十一歳の私は、後述するある事情により家出したのですが、それとほぼ同時期に、大工をしていた西田政治（夫）と知り合って結婚しました。夫と私は、三人の子供をもうけ、ともに育てあげた夫婦であるだけでなく、一緒に信仰生活を送った、いわば「同志」の関係でもありました。一時は大酒に溺れるような時期もありましたが、よく働く、おおむね子煩悩な家族思いの夫でした。また、学会の信仰に出合ってからの私たち夫婦はまさに夫唱婦随でした。退院、退所の報告は、信仰の力の再確認の報告でもあったのです。

夫への報告が終わって、改めて部屋の中を見回すと、タンスが新調してありました。丈の低い、開閉が楽な造りのものです。色がさめ、薄汚れていた壁は、新しい壁紙に張り替えてありました。台所に行くと鍋やフライパンもピカピカでした。一人用のモノにすっかり新調されていたのです。少しでも軽いモノにして私が家事をするときの負担が少なくなるようにとの娘の配慮でした。また、玄関の上がり框や、廊下、風呂、トイレ、洗面所などには手すりが据えつけてありました。私が動きやすく、安全なように改善してくれていたのです。

私は、今日から本当に新しい人生が始まるのだと思いました。

「ほんま長かったな。でも、よう頑張った」

長男が言いました。

「一時はどうなるかと思うたけど」

娘が言いました。

「もう、無茶したら、あかん」

子供たちと退院を祝して乾杯しました。本当は好物の刺身を食べたかったのですが、糖尿病ですから、食事制限とカロリー制限を守らねばならず、この日も病人食でした。にぎやかなひと時が終わって、子供たちの帰る時間になりました。

「香津子、雅昭ほんまにおおきに。私が無事に家に戻ってこれたのもあんたらのお蔭や。お母ちゃんはほんまに命拾いしたと思うてる。あんたらや、病院の先生や看護婦さんやらに助けてもらった命や、粗末にしたらバチが当たる。大事にするさかい、心配せんといて。お母ちゃん、これからや。負けへんで、見といてや！」

私がこう言うと娘の目に涙が浮かびました。長男も感慨深げに頷いていました。改めて我が家が一番だと思いました。

今日の日を家族と祝ふ喜びに
一家の幸せ永遠《とわ》にぞ祈る

私の内面には新しい気持ち、命拾いした残りの人生を神仏に感謝しながら颯爽と生きていこうという気持ちが宿っていました。

空白の心にえがく明日からの
楽しき夢は未来へ続く

晴れてよし降っても楽し我が人生
舞台に咲かそう大輪の花

無理かもしれませんが、できればもう一度「大輪の花」を咲かせたいとも思っていました。

ところで、こんなふうに書くと、私の体が本当に完全に快癒したのかと誤解されるかもしれませんが、そうではありません。退所はしたものの、私の体が病気をする以前の状態に戻ったわけではないのです。「生活に差し障りのないぐらいに治って」退所はしたのですが、とくに右手足に後遺症が残ったことは隠しようのない事実でした。

しかし、そのことはもう私の関心事ではありません。重要なのは、「生活に差し障りのないぐらいに治って」我が家に戻ってきたという事実です。何かの歌の歌詞に、狭いながらも楽しい我が家というのがありましたが、まったくそうなのです。だが一方で、私は夫に先立たれた寡婦ですから、カーテンの向こうには誰かしら必ずいた施設と違って、退所の次の日から、また一人だけの生活をしていかなければならない身でした。健康であったときの自由気ままな一人暮らしとは違います。日常生活のあらゆる面に不如意が待っています。それに気を強く持ってリハビリを続けていかなければ、せっかく回復した機能は衰えてしまいます。生活の持っている意味がずいぶん変わってしまったのです。しかも、体の状態は、脳梗塞に罹る以前と同じではありません。

例えば、朝の起床の際、仰向けの体をゆっくり半回転させ、そこで左手を布団について体を起こし、そこから前傾姿勢をとって、左足のつま先を立てて腰を浮かせます。それから片膝立ちになり、左手をついて上体を持ち上げ、左の腕で体を支え、膝を伸ばして立ち上がります。そこまでに一分はかかる体になっていたのでした。普通の人なら数秒で済んでしまう動作のひとつひとつが、そんなふうに手間のかかるものになりました。治ったといっても、こんな具合なのです。

現在ではだいぶ速くなりましたが、それでも健常者のみなさんに比べればずいぶん遅いと思います。当初、どうにか朝食を調えてテーブルにつく頃には数十分経っていました。それでも、住み慣れた我が家で、再び生活ができるようになっただけで私は幸福でした。

毎日の日課にはリハビリ体操があります。布団の上で仰向けになって片足ずつ上げ下げしたり、腹筋の運動をしたりなどを組み合わせたもので、退所時に、自宅へ戻っても欠かさないように指導されたものです。私はこれを人の三倍はしています。欠かさずに続けることで、自分のＡＤＬを高めたいと思っているからです。

もちろん、何もかも一人でできるわけではありません。

私の介護計画は住之江病院の前にあるケア・プラン・センターのケア・マネージャーに立ててもらいました。リハビリのための通所介護サービス（デイ・ケア）が週二回で、その他にヘルパーの派遣も含まれます。ヘルパーさんには、近くの介護センターから週に一度（現在は二度）来てもらうことになりました。自分一人で布団の上げ下ろしができない私は、まず布団を上げてもらい、それから部屋の掃除、洗濯、買い物などをしてもらいます。いわゆる家事援助型のサービスを受けているわけです。かつての私なら「赤の他人に家の中をいじくり回されるのは、絶対イヤや！」と思ったことでしょう。けれども、たくさんの方々の手助けがあって生き延び、家へ戻れた私には、ヘルパーさんのしてくれる家事援助は素直にありがたく、訪問日が待ち遠しいのです。

ヘルパーさんは労を惜しまず働いてくれますが、契約されている二時間ではできることにも限りがあります。彼らの仕事が予定時刻より前には終わるようにあんばいしています。そうすれば、お茶を飲みながら、ちょっとは世間話もできますし、そうすることでお互いに気心も知れて、楽しく過ごすことができるからです。トラブルの話も聞かないではないですが、私にいわせれば些細な感情の行き違いがほとんどなのです。

例えば、買い物を頼んだら自分の注文とは違うものを買ってきたとか、「いじらんといて」と言っておいた物を勝手に動かしたとか、洗濯物の干し方が自分と違うとか、お茶を入れて自分も飲んで喋ってばかりいるとか、まあ、その苦情の種類の豊富なこと。私にはその苦情のひとつひとつがよくわかります。しかし、苦情の主は、当のヘルパーさんにちゃんと自分の気持ちを伝えているのでしょうか。以心伝心なんて簡単にできることではありません。まして、彼らは会社から命じられた家に仕事でやって来るのです。二時間以内に仕事を終わらせて、また次の家へと向かう人だっているでしょう。自分の家だけに特別な計らいで来ているわけではないのです。だから、利用する方が相手の働きやすいように、してほしいことと、してほしくないことをはっきりさせておく必要があります。自分が元気なときはこんなふうにしていたという家事のやり方を一応教えておいて、できるようならやってもらえばいいし、「できません」と言われたら、そのときは諦めたらいいのです。シャツを裏返しに干そうが、表にして干そうが、乾けば一緒なのですから……。

偉そうなことをいいましたが、実際ひどいヘルパーさんに当たって、精神的にボロボロになったという方の話もたまに耳にします。利用者側の心身の弱みにつけこんで、仕事らしい仕事もせずに適当に時間を過ごして帰る不届き者もいるようです。でも、ほとんどは根っから世話好きで親切な人ばかり。お互いに信頼し合えれば、身障者や高齢者にとってはいかにも心強い味方なのです。

ヘルパーは決して楽な仕事ではなく、聞いたところによれば、先の利用者宅を出て次の家に向かうまでの時間などは実働時間にはしてもらえないそうです。計算高い人には到底できない仕事です。いつも笑顔で、「西田さん、お早うございまーす」と元気に訪ねてきてくれる彼らは、大袈裟でなく、私にとっては天使なのです。

温かきお茶の差し入れ有り難し
働くヘルパー天女の如し

第十章　平穏な退所後の生活

家へ戻ってからというもの、家の中では杖をついて歩いています。外出も近距離ならば杖をついて出かけます。でも、まだ遠距離を杖歩行というのはできません。そこで、遠いところへ出かけるときは、両手でバギーを押して行きます。バギーの方がより安定した歩行を、長く続けることができるからです。

行く先が近くのスーパーや商店などのときは杖歩行。ちょっと遠くの公園であったり、お友達の家であったりするときはバギーと使い分けています。とにかく、お天気さえ良ければ、毎日でも外へ出ています。せっかくリハビリによって歩行が可能になったのに、家へ戻ったとたんに歩けなくなる方がいるそうですが、それは億劫がって外へ出ないでいるからなのです。使わなければ、加齢とともに脚力は衰える一方です。ましてや、私たちのように障害を抱えた者が、歩行訓練をストップしてしまったら、いずれ「寝たきり」状態がやって来てしまうでしょう。私は、そうなるものかと思っているのです。

タクシーにバギーを積んで、かなり遠くまで外出することもあります。いずれにしろ、行き先があって、そこへ自分の足で行けることがどんなにすばらしいことか、病気になる前はわかりませんでした。もちろん私の足は病気以前のように颯爽とは歩いてくれません。それでも、車椅子ではなく、自分の足でゆっくり歩いていると、それだけで幸福感でいっぱいになります。自分はとても恵まれているという気がしてきます。ゆっくり歩くというのは、健康な人にとって時にじれったくって仕方がないことかもしれません。通勤時の道路などで、老人がヨタヨタ歩いていると、追い越すに追い越せず舌打ちしたりしている若い人を見かけますが、私だって元気なときはそうでした。でも、それは健康な人間の傲慢さでした。ゆっくり歩いていると、かつては見落としていた下町のこまごまとした風景が見えてきます。家々の前にある鉢植えの花や、車のボンネットの上で日向ぼっこしている猫や、不機嫌そうな飼い犬や、お母さんに手を引かれてヨチヨチ歩いている坊やなど、出会うモノはさまざまです。

「あんたはええなぁ。気持ちよさそうに青空を泳いで……」

今でも忘れません。あれは、心地よい五月の薫風に吹かれながら歩いているときでした。青空にはためく鯉のぼりを見つけ、いつのまにか心の中で鯉に話しかけていました。その悠々と空に泳ぐ姿を眺めているうち、子供たちが小さい頃、端午の節句のお祝いに飾った鯉のぼりを思い出しました。

語り合ふ友を得たりの喜びは
　五月の空に泳ぐ鯉かな

また、こんなこともありました。やはりバギーを押して、買い物に行っていたときでした。

あるお家の庭先にあった紫陽花の花が、雨上がりのせいか、とてもみずみずしく美しかったのです。歩みを止めて紫陽花に見ほれていました。私はこれまで目的地まで最短距離をまっすぐ行って、まっすぐ帰ってくるタイプでした。でも、病気のあとは違います。みずみずしく美しい花を見れば、しばし足を止めて見入るような人間になっていました。

雨上がりひときわ映えたり紫陽花の
七色変化時を待つのみ

近所づきあいから宗教活動まで、中にはゴタゴタも含めて、人とのつき合いが生活の中心にあった私ですが、短歌にもこうして四季の変化や自然を詠むことが増えました。人間が変わったわけではありません。私はゆっくりしか歩けないし、動けない……。その自分のペースに苛立ったり、歯ぎしりしたりがなくなったというだけなのです。これが今の自分のペースだと受け入れることができたということなのです。そして、その発想の転換が四季折々の風物と私を結びつけたのだといえばいいでしょう。

こうして、テンポこそゆっくりしたものになりましたが、以前とそう変わらない充実した日々が私に戻ってきました。退所してからもリハビリ施設には週二回通っていますし、むしろ多忙になったぐらいでした。

ここで、自宅へ戻ってからの日記をご紹介しましょう。私のありのままの日常が綴られています。

5/25　退院から一ヵ月入院から七ヵ月たつ勇気を出して信号を渡って区役所に　保険のことをききにゆく　二十八日ごろに調整があるとのこと。午後アルファに買い物にいってまた一時間はかかる　その割に万歩計は上がらず　当分買い物はいいようだ　西井さんがナラヅケかってきてくれた。ホーレン草のカタユデ三ワ冷とうした。夕食の片付けもした　よく働いた一日　明日はDケアたのしみだ

6/6　昨夜一時半片付け終わる　安定剤二分の一服用　朝五時起床　一時間ヘルストロン　思いつき天気と相談して　枕カバー　敷布一枚　ヒザ毛布　フトン等洗い汚れもの洗って気分上々
今日はDケアの日　おみやげを用意して大変だ　でも心楽しい　昨日の田中さん

の様にみなの喜ぶ顔がうれしい
ボランティアの人々の応援すっかり気分よくし　川の流れ　古城　など唄う　香津子にフトン干してもらい気持ちよくねむれる　色々と忙しい一日であったが充実の一日だった　歩行九百

清書してみると、何とも拙《つたな》い文章です。それでも、退所後の私が、いかに前向きに生活していたかは、十分伝わってくると思います。

この生活が平穏に続き、第二の人生は明るく希望に満ちたものになると、私は思っていました。苦しむべきことは十分苦しんだはずでしたから……。

第十一章　そして生涯最悪の時

リハビリ施設を退所してすぐの私は、いい意味でも気が張りつめていて、二つの目標に向かって自分を駆り立てていました。

ひとつはヘルパーさんに来てもらうとか、施設に通ってリハビリを続けるなどの、病気をする前には生活の中に組み込まれていなかった習慣に早く馴染むことです。

そして、もうひとつは、そのような新しい習慣ではなく、病気をする前からしていたことを、元のように復活することでした。それは買い物がそうですし、お友達との交遊がそうです。その中には老人会への参加がありました。

私の家のある地域の老人会は歴史も古く、規模も大きく、数十名の方が参加しています。老人会の中には、囲碁・将棋クラブや俳句クラブや編み物クラブやカラオケ・クラブやコーラス・クラブやダンス・クラブなどがあって、私はコーラス・クラブに入っていました。老人会では、コーラスだけでなく、そこで知り合いの人と会ってお喋りするのも楽しみでした。私は根っからのお喋り好きですから、当然といえば当然です。

老人会といっても、ここに参加している人たちは病院やリハビリ施設に来る老人と違って基本的に健康ですから、みずからが老人であるのにも拘らず、老人ホームを慰問したりもし、他にお食事会などもしていました。元気な頃、私はそういう会合に欠かさず参加するようにしておりましたし、どんな活動でも積極的に楽しんでいました。だから、退所後もまたそこに復帰することにしたのです。その理由は、元の生活を元の通りに送りたいという一心からでした。今でも思うのですが、私の希望したことに不合理なところはないはずです。

私はコーラス・クラブに復帰しました。平成十三年六月のことです。そして昔みんなと一緒に歌っていた歌を歌うことができました。

「西田さん、大変やったね」

「また、一緒に歌えるようになったんよ。よろしく頼むわ」

「西田さん、もう来れへんとばっかり思ってたわ。良かったな」

「私もほんまに嬉しいわ」

クラブの仲間はみんな、笑顔で私を迎えてくれました。久しぶりに会う仲間の多くは、心から私との再会を喜び、病状を尋ね、リハビリを頑張るように励ましてくれました。少なくとも私にはその後の出来事を予感させるような雰囲気は感じられなかったのです……。


私は歌が大好きです。とくに演歌が好きですが、でも、音楽の嗜好に偏《かたよ》りはありません。演歌以外でも好きです。クラシックだって好きです。とくにコーラスで、みんなと一緒に声を合わせることは、うっとりとした気持ちにさせてくれます。

『夏は来ぬ』『椰子の実』『荒城の月』といった日本の名曲を歌いました。

「西田さん、張り切ってるなぁ」

「一番声が出てましたで」

「ほんまかいな。そんなはずないねんけどな」

と私が謙遜すると、

「ハハ、お世辞やがな」

と返ってきます。

実際、肝心の歌の方は声量も落ちていましたし、高音も伸びやかではないし、みんなに合わせるのが大変でしたが、何とか、歌いおおせました。私は退所後の目標の片方である「元通りの生活」がこれでまたひとつ復活できた嬉しさで、弾む気持ちで家路につきました。


話は前後しますが、コーラス・クラブに行くときも、そこから帰るときも、場所が遠いので、車で送り迎えをしてもらいました。車を降りて家に入り、気分上々で台所仕事を始めました。

ところがです。今でも忘れません。その上機嫌を、ひとつの電話がぶち壊しました。ぶち壊しただけでなく、私の精神状態を一気に奈落の底に突き落としたのです。つまり、生涯最悪の時へ導いたわけなのです……。


「オレや」

その声は聞き覚えのあるQ氏でした。しかし、挨拶も何もなくいきなり「オレや」というのはいかにも乱暴な感じがしました。

「おや、Qさん、何でしょうか」

「あのな、ざっくばらんに言うがな、オレの知らんところから電話があってやな、今日のあんたに関して文句が来とるんや」

私は〝文句〟という強い言葉に戸惑い、一瞬声を失いました。

「文句て、どんな文句ですか」

「あんたに対して、あんな格好して老人会に来らすな、と言うてきてんねん。あそこまでして来る必要はないと言うんや」

Q氏の言葉はどんどん私を混乱させます。

「あそこまでして、とはどういう意味ですか」

「あそこまでしては、あそこまでしてや」

頭に、車での送迎のことが一瞬浮かびましたが、すぐ消えていきました。そんなことを指しているはずはないと思ったからです。

「それ、誰が言うてるんですか?」

「誰かわからん。匿名電話や」

「そんなことないでしょう。教えて下さい」

私は食い下がりました。

「知らん」

Q氏の言葉はそっけないものでした。

電話は一方的にガチャンと切られました。私は受話器を握りしめたまま、しばらくは茫然自失していましたが、

「何で私がこんなこと、言われなあかんねん！」

感情を言葉にしてみると､体中からすーっと血の気が引いていくのがわかりました。いつになく狼狽し、電話がかかる前は、次に何かをしようと思っていたのですが、何をすべきかもう思い出せません……。目の前が真っ暗になりました。そして体中に震えが来ました。何故、ああいうことを言われなければならないのか、その理不尽さへの怒りの震えです。

でも、不思議でした。Q氏との関係は入院前は良好だったからです。現に、家へ戻ってから買い物などに出歩くようになって、Q氏とは何度か通りで顔を合わせている

のですが、いつも笑顔で会釈してくれていたのです。それが、退所後、コーラス・クラブに復帰した私をとらえて、あの言い種《ぐさ》はないはずです。ショックどころの騒ぎではありませんでした。

私の体からは血の気も引き、一生懸命に生きていこうとしていた力の源泉のようなものもついでに失われていくのがわかりました。

その夜、私は一睡もできませんでした。

一時間もの抗議を聞いたわけではないのですが、一分とかからなかったような、Q氏からの電話でした。でも、その中の言葉が私の心に突き刺さったのです。深々と突き刺さったまま、私を眠らせなかったのです。夜の闇の中で、目をつぶるとグルグルとQ氏の言葉が頭の中で回り続けます。そして、「何でや、何でや、何でや」と問い続けました。朝まで、それの繰り返し、その堂々巡りでした。悔しさで涙がにじんだせいか、朝起きたときは、顔がはれぼったく、顔の表面はバリバリでした。

朝、一応起きはしましたが、前日の朝と違って、起きる理由がないような暗く重たい気分でした。テレビを見ても、ちょっとした体操をしても、心ここにあらずで、少しも集中できません。食欲も湧かず、台所の流しに立つ気にもならず、残り物ですませました。

そういう日が何日か続き、やがてリハビリもできなくなりました。

数日後、Q氏から再度電話がありました。ざっくり割れた傷口に、まるで塩を塗り込むような内容でした。

「あんた、いまだに、小学校の校長のところに花持って行ったり、話したりしとるそうやないか。それも、したらいかん。そういう抗議の電話もワシとこにかかっとるで」

「それの、どこが問題なんや」

「問題に決まっとるやないか」

「なんでや」

「なんでもヘチマもあるかい」

今度もあっけにとられました。そんなことを言われる筋合いのことではないからです。

私は孫も通う近所の小学校の校長とかねてから交流があります。個人的な交流があるというと、口幅ったいのですが、そうなのです。何らかの意図があったわけではありません。地域の老人と校長が、あることをきっかけに気兼ねなく話せるようになって始まった交流なのです。

きっかけになった〝あること〟とは、「地域の小学生に手紙を書いて交流をはかりませんか」という案内状が私の家に舞い込んだことです。案内状には地域の老人たちを励ますという内容の小学生たちの手紙が添えてありました。子供らしい素直な文面で、私はすぐに返事を書きました。

ちなみに、この小学生と地域の老人の交流行事は、小学校が地域から遠ざかって孤立しているとのマスコミの論調を受けて、小学校全般で行われていることなのです。

私はその手紙を持って学校に行き、玄関でたまたま会った先生に手渡しました。それがこの校長でした。とても気さくな方で、いっぺんに気に入り、ご迷惑と知りつつも時々花を持って話しに行ったりしているのです。

……そうやって知り合った校長との交流にまで、Q氏は文句をつけてきたわけです。

一体そんな権利がQ氏にも他の誰にもあるものなのでしょうか。

私はできるだけ、悩みを外に表さないようにしていました。でも、私の心の中にはあのQ氏の言葉と、自分の発する「何でや、何でや、何でや」という堂々巡りが渦巻いていました。その渦巻きは耐え難いものがありました。どこにも出口がないからです。心の中を永遠に回り続けるかのようです。

私は一念発起して、Q氏に電話をかけました。そして、単刀直入に聞きました。

「コーラス・クラブに出てくるなと言うたんは、誰ですか」

全ての始まりは、その人間を特定することだと思いました。その人にその言葉の真意を問いただせばいい、事と次第ではその人に抗議すればいい、と考えたからです。

でも、今度もQ氏がそっけないことに、何ら変わりはありません。いや、私をまるでさげすむような感じがあらたに混じった気がしました。

「名前を言わんとオレのところに電話がかかってきたのを、オレはモロにあんたに伝えただけや」

「嘘や」

「嘘やないで。とにかく、そこまでして来なくてええんや」

「だから、それは誰なんですか。教えてもらわんと、私には訳がわからへんのです」

「誰か知らん」

Q氏はしらばっくれました。

「『そこまでして』いうのは私の体のことやないんですか。車で行ったり帰ったりすることも言うてはるんですやろ。そりゃ差別やないの！　何の理由で私がコーラスに出たらいかんのか、はっきり言うて下さいよ！」

私は食い下がりました。

「しつこいぞ！」

前回より激しい電話の切り方でした。

埒《らち》があかなかったのです。相手は私に理由を説明する気などないのでした。二回目の電話でそのことだけがはっきりしました。

「一体誰や？　いや、もしかしたら親切そうに寄ってきた仲間の中にいたんやないか……」私の気持ちはさらに沈みました。

そんな疑心暗鬼に取りつかれ、仲の良かった誰彼の顔を思い浮かべると、まるで人間不信の極みに立たされたような気になりました。私はそんなに変わってしまったのか……確かに、右半身に麻痺の残る私の外見は健常者とは違っています。でも、コーラス・グループで歌を歌うのに外見は関係ないはずです。調子っぱずれにしか歌えないわけでもありません。人間が変わったのでもないのです。それなのに、身障者になったとたんに目障りだと言われてしまったのです。

何故なのでしょうか？

私は、自分が脳梗塞になり、身体障害者となったことを前向きに捉えようと努力していただけなのです。お蔭で、以前にも増して生きる喜びを感じるようになったし、辛いリハビリも乗り越えました。私はそんな自分には人生をエンジョイする資格があると思っていたのです。それなのに、私という人間は心ない言葉で根底から否定されてしまいました。無残なものです。

でも、一体、何故なのでしょう？

よく、障害のあるお子さんが養護学校ではなく、普通の小学校や中学校への進学を希望したのに、学校側に拒否されて断念したという話を耳にします。受け入れる学校もないではないのでしょうが、毎年そんなニュースが聞かれるところを見ると、まだまだ少数なのかもしれません。設備の面でも、サポートする教師の数でも不十分であるし、健常者の生徒の中にハンディのある生徒が加わることで、教師や健常者の生徒の負担が増すというのが拒否する理由のようです。何と狭い了簡なのでしょう。

保護者の中にも、授業が遅れるとか、教師の目が障害のある生徒にばかり向くことになって不公平だとかいう人々がいるようですが、そんな親に育てられる子供の方が気の毒です。自分の損得にばかりこだわって、人に迷惑をかけられたくない気持ちの強い、心の窮屈な人間になるのではないでしょうか。住宅地に福祉作業所とか高齢者のグループホームを建てようとすると、決まって周辺住民の反対にあうというのも同じです。

私にはあまり難しい議論はできませんが、これだけは言えます。人は、我が身に火の粉が降りかからなければ誰でもヒューマニストでいられます。ただ、いったんそれが自分の身に及んでくると、急に手のひらを返したように利己的になってしまうのです。自分の身を守るためには、差別を差別と思わなくなるのでしょう。

けれども、私の場合は、そこまでの問題ですらないはず……。

歩いて行っていた場所に車とバギーで行くようになり、建物の中も杖なしでは歩けなくなったというだけなのです。誰かに利害得失を生じさせるわけではありません。あえていえば、見栄えが悪い外見の者が混じったことへの生理的な違和感ぐらいしか考えつかないのです。つまり、どうしても自分への仕打ちに対する納得のいく理由が見つからなかったのです。

これは辛いことでした。

人の世に成長なさむ我なれど
俗世のあかは苦しむばかり

人はみな話せば分かる間柄
　中を邪魔する感情のもつれ
胸の中開けて話せど分からぬは
　悩む私の一人相撲か

「一人相撲」はやがて、私を軽いノイローゼに導いていきました。朝起きたときから何をやっても気分が晴れないのです。朝も昼も夜もずっと憂鬱なのです。そして、生涯で初めて自殺を考えるようになりました。軽いノイローゼが、重いノイローゼに変わっていったのです。

このままでは耐えられないと思い、イチかバチか、コーラス・グループのメンバーに電話してみました。

「私、今は身障者ですやろ。やっぱり私みたくピョコタンピョコタン歩いてる者は、みなさん迷惑と思うとるのやろか」

「何でそんなこと言うてるの。誰もそんなこと思わんがな。西田さんらしくないなぁ」

「邪魔やと言うてる人、おりませんか?」

「私の知る限りではそんな話はひとつもないで。西田さん、誰かに何か言われたんか?」

「いや、そうやないねんけどな……」

私のかけた電話は尻切れトンボに終わりました。犯人探しの真似事をしたりすれば、コーラス・グループの人間関係に波風が立つことに気づいたからです。

私は、あちらこちらに手を伸ばして事情を調べることは諦めました。しかし、そうなると、解決できない心の問題はどんどん膨れ上がっていきました。生きているのが辛いし、生きているのに理由が見出せないし、とにかく気分が塞がりっぱなしなのです。そして、不眠が続き、ため息ばかりが出るのです。

「あのときはお母ちゃんほんまにひどかったなぁ」

と娘も今では笑っていますし、私も、

「そうや、病気より、リハビリよりしんどかったわ。我が生涯最悪の時やな」

と応じていますが、当時はそんな余裕は微塵《みじん》もありません。

脳梗塞で、身体がまるで動かないときだって、死について露ほども考えなかった気丈な私が、Q氏のひと言で、自殺を考えるようになったのですから……。

しかし、結局自殺はしませんでした。この本を書いているわけですから、その危険な時期を何とか脱出できたのです。脱出できたのは、ひとえに、SOSを出していたお蔭です。出していた相手は娘です。娘から電話があるたびに「お母ちゃん、生きてても、しゃあない」と言い始めたのです。

娘も最初そう真に受けず、それがSOSだとは受け取らなかったようです。ただその頃私の電話が急に変になり、悲観的なことを言うようになった、とはずっとあとになって話していました。

その当時の日記は苦悶の日々を伝えています。

7／11　もんもんと苦しみ抜き4時30分めざめ
時を計って8時20分娘にTEL「死にたい」何時のまに積もったショックに追い打ちの一言　人間は弱いもの　ショックは大　生きる気力さえなくし一人私は

「死にたい」だけ　自ら苦しみ出た言葉
私はもう生きたくない　トイレも立てず　フトン中ですます　みじめな私はますます死を考える（中略）人の世の裏面
人生のはかなさ　早く死にたい　とにかくいっときも早く死にたい　とにかくつかれた休みたい　そのまま死ねたら最高だと思うが……。

「お母ちゃん、死にたいんや！」

ある夜とうとう私は娘からかかってきた電話に向かって叫んでいました。人が自殺したいと誰かに言うのは、「死にたくない、助けてくれ」という意味も含むのだそうです。でも、あらゆる意味で冷静な判断力を失って、視野の狭くなっている私に、そんな自覚はありません。

「お母ちゃん、どないしたん？」

娘は押っ取り刀でやってきました。

「死ぬとか、物騒なこと言うて。悩みがあったら、今、ここで全部言うて。私が聞いてあげるから」

私は胸の内側にあったマグマを全部吐き出しました。

するると、少しスッとしました。喋る、そして聞いてもらう、ということは本当に不思議な作用があることを確認した次第でした。全面的な解決を見たわけではありませんが、そのとき、早まったことをしようとしていた危険な気持ちが和《なご》んだことは確かです。でも、その後も精神が不安定であることに変わりはありませんでした。娘はそれを察知して、私が落ち着くまでずっとそばにいてくれました。

あとで娘に聞くと少しでも目を離したら何をするかわからない状態だったというのです。だから、とにかくそばについていてあげようと思ったというのです。でも、そういう娘に私はいろいろと毒づきました。

「香津子、あんた、ほんまにお母ちゃんの苦しみがわかるんか。わかる、わかる言うて心の中ではアホらしいと思うとんのやろ。お母ちゃんなんか早う死んだらええと思うてんのとちゃうか。ええで、いつでも死んでやる。死ぬのなんか簡単や！」

心の中ではすまないと思いつつも、お門違いの文句を娘に言ったのです。

娘はそんな文句を黙って聞いていました。

人の世の地獄極楽今にあり
情けの言葉命の言葉

娘が話したので息子たちも私の状態を知り、何くれとなく気にかけてくれるようになりました。

「お母ちゃん、変なこと考えたら、あかんで。せっかく、助かった大切な命や」

長男が言いました。

「あんなに、リハビリやったのに、自殺なんかしたら、その努力が水の泡や」

二男も私を諭します。

私はしょんぼりしましたが、嬉しくもありました。家族の中で自分の悩みがはっきりと共有されるようになったわけですから……。お蔭で、危険な精神状態はまた少し平穏になりました。

それでもまだ全面解決にはほど遠く、不眠は治りませんし、食欲も戻りません。

「カウンセラー行く気あらへん？」

娘が言いにくそうに言います。

「何やて、お母ちゃんの頭がヘンになってる言うんか！」

私は少し腹を立てました。偏見以外の何物でもないのですが、精神科へ行くことには抵抗があったのです。現実にノイローゼ状態になっておきながら、心のお医者さんにかかるのは世間体が悪いという見栄のようなものも働いたのでしょう。Q氏の言葉を「差別」と怒り、生きるの死ぬのと言っておきながらおかしなものです。

しかし、娘はカウンセラーにかかれと繰り返し私に迫ります。言い争いの最後には、

「人の気持ちも知らんと、よう言うわ」

となじりました。

「ヘンやなんて言うてるんと違う」

娘は冷静に応じます。

「カウンセラーの先生に話すのは、私らに話すのと違うて、もっとすっきりするんと

違うかな。軽い気持ちで行ってみたらええやないの」
娘の言葉に私も、騙《だま》されたと思って行ってみようか、と思い始めました。そして、数日後にはある病院の精神科でカウンセリングを受けることになったわけなのです。

堪忍の世とは知れども悲しさは
迷へる凡夫の身の辛さかな

そのときの私は再び荒れ気味でした。あらぬことも口走っていたようです。そういう私の話を、初対面の精神科のお医者さんはちゃんと聞いてくれました。あれこれ、アドバイスがあるわけではありません。ただ、ひたすら聞き役に徹して下さった気がします。

ストレスの重荷に耐へる我が人生
　行きつく先はカウンセラーか

私の長い人生で、自分がカウンセリングに通うようなことになるなんて、夢にも思いませんでした。

無理すればジワッと痛む古傷に
　悲嘆の涙止めようもなし

ここにある「古傷」が肉体的なものだけでないことはいうまでもありません。しかし、私のノイローゼはカウンセラーの心理療法的な治療を受け、やがて快方に向かいました。

私は、リハビリのときにも表れたように、喜怒哀楽の激しい人間です。落ち込んだり、悔し涙を流したりしたかと思うと、天にも昇る喜びを味わったりする感情の起伏の激しさがあります。そういう人間はいったん悩むとトンネルの中の闇は深いが、トンネルから出るのは早いとのことでした。カウンセラーのお医者さんから、そう誘導尋問的な質問があるわけではありませんが、どこかで誘導はされていたと思います。

私はお医者さんに魂を預けるように、自分の今の状態を喋りました。

「病気になる前の生活に戻ろうとしただけなんです。それを歓迎してくれた人たちかていてはった。もし周りの人がみな私に来てほしくないと言うのなら、話は別です。健常者だけのグループや言うんならそれもしゃあない。細かいこと言いよるとは思うけど、何も好んで波風を立てようとは思わへん。そやけど、一人か二人の人間に『邪魔や』と言われなければならん筋合いは、どこにもない……。

元々私を嫌っとった人がいとるんです。こんな具合になって、ざまあ見ろと思うとる人間がいとるんです。こっちの方はその人間に直接文句言うたろと思てんのに、その人間が誰かわからへん。腹わたが煮えくりかえるほど悔しいけど、自分の一人相撲にしかならへん。結局のところ泣き寝入りや。先生、それが情けのうて、情けのうて……」

ただ思いの丈を喋っているだけなのですが、いつの間にか、自分で自分自身のことがわかってきたのです。立場を換えて、少し自分を突き放して眺められるようになったといってもいいでしょう。娘に喋るのとは違う、すっきりした感じがありました。

「あれだけしんどいリハビリにも負けずにここまでやってきたんやないか。それなのに、こんな中傷くらいで全てを無にする……それはできん話や。それにしても世の中にはつまらん人間がおるもんや。障害を抱えた人間を邪魔にして、それで仲間外れにして、何か溜飲でも下げてるつもりなんやろか。まあ、私の周りの人がみなQ氏や、Q氏に私のことで難癖をつけた人のように思っとるわけやない。言いたい人には言わせておけばええんや……」

そう思ったら、急に肩の荷が軽くなったのを感じました。実際、入院も覚悟のうえでカウンセラーに行ったのですが、その必要はまったくなく、通院も思ったより少なくてすんだのです。

コーラス・グループに現れた私の姿を見て目障りだと思った人は、もしかしたら自分の体の衰えを感じていて、私を見ることでいつか我が身もという不安に駆られたのかもしれません。あるいは、身近に私と同様の身体麻痺の方がいて、その方は世間から身を隠すように生活なさっているのかもしれません。身体障害の人間は世間に遠慮して生きるものだと思っている人だっていても不思議はないのです。

とにかく、身体麻痺があって外見が変わってしまっても、以前と同じように暮らしていこうとする私の積極性が、いけ図々しい無神経さによるものと思われてしまったのでしょう。しかも、面と向かっては言えないのでQ氏に訴えたりしたのですから、人の目を気にする小心な人であるに違いありません。そんな人たちのために死を考えるほど追い詰められたなんて、私はなんと弱くなっていたのでしょう。

ある人に聞いたのですが、健常者である老人は、障害や痴呆となった老人を避けてしまいがちになるのだそうです。ショート・ステイなどの施設でも、食事のときなどに自分の前に痴呆の方やひどい麻痺があって食べ物をボロボロこぼすような方を座らせないでほしいと要望する利用者があるというのです。恐らく自分もいずれそうなるかもしれないと思うと、暗い未来が思い描かれてしまうからなのでしょうが、確かに気持ち悪いとか不愉快になるとかいう人がいると、その人は言っていました。

でも、そのときは、自分がその立場になるとはまったく思っていなかったのです。私も胸に手を当てて考えれば、痴呆老人の噂など聞いても、「かわいそうやな」と口では言いながら、心の底では「私は絶対そんなことにはならん」とタカを括っていたと思います。自分勝手なものだと思います。

痴呆や障害を抱えた人を生きにくくしているのは、実は周囲の差別的な受け止め方であることを、私は自分の体験からやっと知ることができました。

ともあれ、お医者さんから、もう、このことに関して悩みを抱く必要がないと言われたときは、すっかりその気になっていました。

その心境を日記ではこう綴っています。

日付不詳　さわやかな朝の涼風に心身共にリラックス　久しぶりのような気分　学校の放送が聞こえてくる　校長以下　さわやかな一日の始まりである孫たちも元気に登校しているかな?　私も負けずに孫たちに良い出会いをのこしゆきたい　そ

れは即私の幸せにつながる　つかれたときには心身のリフレッシュも必要だと痛感した　新しいエネルギーを仕入れ　また頑張ろう
サー一日の出発だ

自分でも立ち直りは早いかもしれないな、と思いました。悩みは深いが、立ち直りも早いのが私なのです。つまり日頃の自分に戻りつつあると思ったのです。でも、まだ何かが足りませんでした。まともに向き合うのもバカバカしい話だとまでは思えたのですが、自分の新しい人生のスタートが汚されたような不快な気分は残っていたのです。どうしたら、あの退所のときのようなすがすがしい気持ちを取り戻せるのか……。私はその手立てを求めていました。

そういえば、私はこれまで、悩みから逃げ出したことはありません。悩むときは、悩んで悩んで、それこそのたうち回ってきたように思います。

でも、いつまでもウジウジするのは嫌いです。

何かのきっかけさえあれば、立ち直れるのです。何かのきっかけさえあれば……。

第十二章　癒しの旅、北海道旅行

「何か」は、退所してすぐ、何の気なしに我が家で見たＮＨＫ大阪の一本のテレビ番組がもたらしてくれました。そこに、手足の不自由な一人の女性が映っていたのです。

彼女は車椅子に乗っていました。そして、とても活き活きとラジオ番組のキャスターを務めていました。病気によってまともに歩く能力を奪われた私は、その姿に打たれました。私は早速ＮＨＫに、その方の名前と、仕事と、著作があれば教えてほしいことと、連絡ができるのなら、その住所と電話番号も教えてほしい、と手紙を書きました。

返事は三ヵ月後、その番組を担当したＮＨＫ札幌放送局のディレクターから届きました。そこで、すぐＮＨＫ札幌に電話をし、例の番組に出演していた女性の名前と住所と電話番号を教えてもらったのです。

その方は、山本博子さんという方でした。地元のラジオ放送のキャスターであることもわかりました。山本さんへの連絡方法も教えてくれました。私は彼女に手紙を書きました。あなたの出ていた番組を見て、あなたが活き活きとしてラジオのキャスターを務めている姿に感激したという内容の手紙です。もちろん、私自身が平成十二年の十月に脳梗塞で倒れ、後遺症が残っている身であるということも書きました。

思い立ったら吉日で、手紙を出すことには何のためらいもありませんでした。でも、返事が来るかどうかは正直言ってわかりません。どこの何者ともわからない相手から突如手紙が舞い込むのですから、迷惑だと思われても仕方がないのです。私は、たとえ返事が来なくても、自分の感動を伝えられればそれだけで満足だと思っていました。ところが、数日後、葉書が来ました。山本さんからでした。どこまでも広がる北海道の原野の写真の絵葉書です。感激しました。不自由な体なのに、飛び上がりたいような気持ちでした。やっぱり、わかってくれたのだという、何とも言えない嬉しさです。絵葉書の写真を見て、私は居ても立ってもいられなくなり、北海道に行こうと思い立ちました。北海道に行って、山本さんにお会いしたい、そう強く感じたのです。

その旨の手紙をまた書きました。山本さんが快く了承してくれたことは言うまでもありません。

ただ、そこへ、あのQ氏の件が起きたのです。両方とも平成十三年の六月の出来事なのです。

「これは北海道行きは無理かもしれへんな。行っても、山本さんに泣き顔を見せることになるだけやし……」そんな諦めも芽生えました。けれども、「いや、だからこそ行かねばならんのや。本当にリフレッシュするにはこれしかないんや」という想いも強くて、結局は私の中でこちらのほうが勝《まさ》ったのです。だから、山本さんに会いに北海道に行くということは、身体的な悩みだけでなく、精神的な悩みをも抱えて行くことも意味したわけなのです。

出発前のことでもうひとつ付言しておかねばならないのは、娘が旅行に同行することを承諾してくれたことです。あるとき、山本さんに会いに行くために北海道旅行をしないかと言うと、スケジュールの調整がつけば、一緒に行ってもいいと言ってくれたのです。娘は、この旅行が私の立ち直りに必要なものだと察してくれたのでしょう。娘の夫も快く了承してくれました。

八月二十七日、いよいよ出発です。

「お父ちゃん、行ってくるで」

仏壇に手を合わせて、旅行の無事を祈願しました。迎えに来た娘と孫二人と一緒にタクシーに乗り込み、一路関西空港を目指します。天気は快晴。大阪の町は真夏の熱気でうだるような暑さでした。

札幌行きの飛行機では、車椅子の私は優先的に乗せてもらいました。スチュワーデスさんが実に親切です。孫たちにとって飛行機は二度目ですが、やはり嬉しいらしく何となく落ち着きません。窓から眼下の景色を見やっては、「琵琶湖や。小さいなぁ」とか「もう、新潟や」とか言い合っています。飲み物のサービスが来て、私はホットコーヒーをいただきました。熱いコーヒーを飲みながら、山本さんにお会いしたら何を話そうかとそればかり考えてしまいます。

「ぜひ、おいで下さい。お待ちしています」と電話では快くおっしゃってはくれたけれど、お仕事中に押しかけて、本当はご迷惑なのではないだろうか。貴重な時間を割いてもらってよかったのだろうか。そんな心配が頭をもたげてきます。

娘が私の不安げな顔を見て、声をかけてくれました。

「お母ちゃん、ここまで来て何心配してんの。元気を出すために北海道まで行くんやないの。山本さんは待ってくれてはる。さあ、もうすぐ千歳やで」

言われてみればその通りです。私は気を取り直して窓の外に目をやりました。広い道路が縦横に走り、緑の森が美しく広がっています。点在する家々の屋根は鮮やかな赤や青で、まるで外国の絵葉書でも見ているようです。初めて見る北海道の景色です。胸がワクワクしてきました。きっとこの旅は願った通りのものになると私は確信しました。

十五時五十七分、飛行機は千歳空港に到着しました。私が旅行中つけていた日記によると、その日千歳に着いてからはこんなふうに過ごしています。


北海道は思ったほど寒くはない。大阪と変わらない。空港を出て、すぐにバスに乗車。思えば、三年以上バスに乗ったことがなかった。でも、バスにも乗れた。手伝ってもらってだが、乗れた。嬉しい。旅行は私に勇気を与えてくれる。

健志、仁志は、バスの中でも寝ている。健志は飛行機の中でも寝ていたが、疲れているのだろうか。バスの走行する左右の視界は、緑また緑の風景が広がっている。バスに揺られること二時間、グリーンホテル札幌に到着。

夕食は、各自好きなものに舌つづみを打つ。孫達も満足の様子。食後、ホテルの土産物屋を物色。

友達に頼まれたが、北海道にはスルメ葉書があるとのこと。でも、売店で店員に聞いてもそんなものはありません、というそっけない返事。部屋に戻り、入浴。歩行四百（万歩計）。十時就寝。


第一日目はこうして終わりました。そして翌八月二十八日、生涯忘れることのできない出会いが私を待っていたのです。


「西田かよ子さんですね。初めまして、山本です」

場所は三角山放送局のロビー。早めに着いて待っていた私の前に、車椅子に乗った山本博子さんが現れました。何て美しい人でしょう。

「山本さん！　お会いしたかった。ほんまに嬉しい。ありがとう！」

「遠いところ、よくいらして下さいました」

優しい笑顔が私に向けられたとき、私は思わず涙ぐんでいました。山本さんが私の手を握ってくれました。私は嬉しいやらありがたいやらで興奮気味です。思わず強く山本さんの手を握り返して、娘に、「お母ちゃん、山本さんが痛いやないの」と止められました。

私たちはロビーの一角にある喫茶店で、コーヒーを飲みながら話をしました。

「西田さん、飛行機でお疲れにはなりませんでしたか」

「いや、それどころか、みなさんに親切にしてもろうて、ありがたいことでした」

「こちらも意外に暑いので驚かれたでしょうね」

「そうですね。もっと涼しいと思うてました」

そんな時候の挨拶のような話から始まって、私のリハビリのことやら、山本さんのお仕事のことやら、とりとめもなく話は続きました。私は心の奥で、老人会でのイジメについて山本さんに話し、相談に乗ってもらえたらと思っていました。それなのに、いざお会いしてみたら、そのことは少しも頭に浮かんでこないのです。今、あれほど会いたかった人に会い、一緒に話をしている。それだけで、私は十分満たされていたのでしょう。

コーヒーを飲み終わり、三十分ほどすると、放送局の人が山本さんに、「本番五分前」を告げに来ました。

「それでは私は仕事に戻ります」

山本さんが私たちに言い、お店をあとにします。私たちも店を出て、山本さんの出演する番組を見学させていただきました。

「今日は、大阪から私の友人の西田かよ子さんが来てくれています。彼女は、一年前に脳梗塞で倒れました。今でも右半身に麻痺が残っているのですが、私に会うために北海道まで来て下さいました。

私も障害者ですが、こうして元気にラジオの仕事をしています。西田さんは、先日私が出演したテレビ番組を見て、勇気づけられたと言ってくれましたが、私だっていろいろな方にいつも勇気を分けてもらっているからこそ、頑張っていられるのです」

山本さんは番組でわざわざ私のことを取り上げ、こんなふうに話してくれました。

私は熱いものが込み上げてきて、胸がいっぱいになりました。

この日の日記が、そのときの様子を伝えています。

嬉しかった。感激した。このためにわざわざ大阪から来たのだと思った。

そして、ブースの中では山本さんがトークをし、ガラス越しに見ている私がそれを聞いて感激している姿に、「同病相憐れむ」ではなく、「同病相励ます」姿があると思った。

その感激を胸に、ガラス越しに山本さんに手を振ってその場をあとにした。胸の中は自分も頑張ろうという気持ちでいっぱい。久しぶりに昂揚していた。大病を患い、後遺症が残り、辛い日々が続いたが、それが、今のこの瞬間なくなったような気がした。それより、もっと本当は辛かった、あの、心ないひと言による心の傷も、山本さんの活き活きと立ち働く姿を見たら、すーっと癒される気がした。そして、この面会が、明日からどんなことが起ころうと、もう大丈夫だという勇気も与えてくれたことを感じる。

また、この感激の面会が可能になったのも、ひとえに娘と孫達のお蔭だと感謝する。

晴々とした気持ちで放送局をあとにすると、私たちは札幌市内にある創価幼稚園に向かいました。タクシーの中で、娘が私にこう言いました。

「お母ちゃん、山本さんてええ人や。来てよかったなぁ」

「来てよかったわ。香津子のお蔭や」

「そんなことないて。お母ちゃんが来ようと思い立ったからやないの」

「僕、放送局に入ったの初めてや」

と孫の健志が横から口を挟みます。

「おばあちゃんかてそうや。今度は番組に出てマイクで喋ってみたい」

「おばあちゃん、ノリ過ぎや」

仁志が呆れたように言いました。娘と私は大笑いです。タクシーの中はいっぺんににぎやかになりました。

私は、あとにしてきた放送局の方を振り返り、心の中で呟きました。

「山本さん、勇気をくれてありがとう。私はもう何にも負けへんで！　矢でも鉄砲でもかかってこいや！」

それから丸一日、札幌市内を観光して、八月三十日に北海道を発ちました。最終日の日記はこう綴られています。


朝、四時三十分、目覚め。五時十五分リハビリ体操。洗面。化粧。

七時三十分、車で駅。駅からバスで一路千歳空港へ。

黄色というのか、黄金色というのか、銀杏並木が綺麗。札幌は街路樹が多い町であることに改めて気づく。

尻別川が滔々と流れている。

高速に入ると、ススキの草原が見える。空港には九時十五分に到着。空港で昼食。

海の幸をいただく。そして、帰りの間際になって、あのスルメ葉書を、見つけた。

十二時、出発。離陸十分で、雲の切れ間から青空が見える。孫達も、東京ディズニーランドに行ったときに飛行機には乗っているが、北海道の旅はどう思ったのだろうか。大きくなったとき、どう思い出してくれるのだろうか。飛行機の窓から見える眺めは白い雲、また雲、また雲である。

この雲の下に日本があり、世界があり、山や川があり、そして個々の名前と個々の性格のある人間が何億と生活していると思うと、つくづく地球はひとつという気がしてくる。民族の隔たり、差別なんて本当にあってはならないと思う。国と国の争いなどなんて馬鹿なことだろうと感じる。

世界がひとつの村、いや、町、だったとしたら……などと自分のいる高度が高いせいであろうか、つれづれなるままに、普段考えないことを色々と考えた。

また、同時に、こんな高度にあっても、池田大作先生を師として仰ぎ、ある契機があって、熱き信仰の道に入ることができて、つくづく幸せものだと感じていた。


私がこの旅行で得たことはきわめて単純なことなのです。それは魂の癒しと再生に他なりません。

旅行の第一の動機は、障害者の山本さんにお会いすることだと書きましたし、自分もそのつもりでしたが、今、冷静に振り返ると、それ以外に旅全体が、つまり、目的地に行くまでの準備等を含めた諸々《もろもろ》のプロセスが、本当は一番の目的だったような気もしてくるのです。

あのQ氏にまつわるゴタゴタの真っ只中にあっても、山本さんとの約束があるという思いは、私を生の側に立ち止まらせてくれていました。このことは、自分で自分の日記を読み返して気づいたことではありますが……。

そして、忘れてならないのは、この旅のプロセスには、実は肉親がいつも存在していたことです。娘や孫たちの普段では見られない笑顔とか表情を観察できただけでも、大変な人生のお土産になった気がしました。イクラだとかスルメ葉書だとかのお土産は買いましたが、心の中にしかしまうことのできない、大事な大事なお土産、それは他でもなく娘や孫たちの笑顔や表情です。

肉親のありがたみ……。命の尊さ……。

実は結婚をするまで、私はそうしたものに無縁な人生を送ってきたのです。まだ十代の頃のことです。私は六人姉妹の五女でしたが、長女、二女、三女、四女と姉たちが次々と亡くなりました。長女は戦争が始まる前に、それ以外の姉は戦争中に、全て肺結核で亡くなったのです。目の前で次々と姉たちが亡くなっていく様は、私の中で思い出したくない記憶のひとつです。

家中で悲嘆にくれたことを覚えていますが、こんなに切れ目なく死が続くと、葬式をしたことはしたのですが、どれがどの姉のものだったか今の記憶の中では区別がつかなくなっているほどです。というより、大きな悲しみの塊がこの頃の記憶に埋もれているような感じです。両親が悲嘆にくれる様は、今でも脳裏に焼きついています。ひたすら嘆いていましたが、死という大いなる運命に対して人間が無力であることを受け入れるしかなく、その悲嘆は慰めようがないものに感じられました。

そして、十代の多感な時期であった私は、次々と死んでいく姉たちの運命はやがて私自身をも襲うものだと、どこかで観念していました。若い方はご存じないかもしれませんが、肺結核という病気は戦前は罹れば必ず死に至る病だったのです。

その頃、私は家に養子を迎えるために、結婚しろと親からきつく言われるようになっていました。私は煩悶した上、家出を決意しました。

「家を継ぐために自分を犠牲にするのはイヤや。私の人生は私のものや」

家出の動機には、やはり姉たちの死を見届けたことがありました。

「この世ははかない、短い人生かもしれないいんや、そやったら好きに生きるしかない……」

家出をしたのは、二十一歳のときです。

家出するとほぼ同時に、ある人の紹介で一人の男性と知り合いました。その男性が私の亡き夫、西田政治だったのです。

死生観に影響を与えたこととして、もうひとつ私には大きな経験があります。それは子供を死産したことです。戦後すぐ次々と子供を失いました。死産とは、ただの一度もお乳をやらないまま、顔もまともに見ないまま、自分が産んだ子供が死ぬという経験です。母乳だけが出て、しかし、それを元気よく飲むはずの子供がいないのですから、やるせなく切ない気持ちでいっぱいでした。

結局、私の姉たちも四人死んだ上に、私も自分の子供を三人失ったのです。

戦前、戦後ですから、人の死は今より遥かに日常的でした。とはいえ、この辛い経験が私の死生観に影響を与えていないはずがありません。この死生観とは、人の命はとてもはかないからこそ、仏様から与えられた命は、最後まで大切にしなければならない……そういうようなものです。

命を粗末にしてはいけないのです。

私は北海道へ旅するまで、Q氏とのトラブルで、そのことを忘れていました。私、娘、孫と三世代揃って旅ができるなんて、それだけでも大変恵まれた幸福なことなのに……。たった三泊四日の旅でしたが、娘と孫の笑顔で、私は忘れかけていた命の大切さを思い出しました。飛躍のように思われるかもしれませんが、孫の顔を見ていると、人を恨む愚かさと、ましてや、思い詰めて死のうとしたことの愚かさが、しみじみと感じられたのです。

奈落の底といってもいいぐらいに、あれほど落ち込んでいた私は、旅行のプロセスの中で癒されていました。そして、強く明日からも生きようという気力が湧いてきました。人を恨むような感情から本当に自由になれたのです。愚痴っぽいのとか、涙っぽいのとかは元々嫌いです。前向きにカラッと生きていきたいのですが、そのことが、知らず知らずのうちに旅行の中で実現できていたのだと思います。

つまりは山本さんにお会いするという目的を果たすうちに、実は肉親のありがたみに気づき、魂の癒しを達成するといった別の目的をたくさん果たしていたのがあの旅行であったのではないか、というふうに思われてならないのです。

第十三章　感謝に満ちたそれからの日々

平成十三年のこと、北海道旅行から帰った私は、心の傷から健やかに回復していました。その意味では元に戻ったともいえるし、生きるか死ぬかの崖っぷちに立たされて、深く重く悩んだ分だけ、人間的には進歩もしたかもしれません。

この経験から照らすと、人間は悩まなかったら、成長しないと断言できます。誤解のないようにいっておきますが、私が精神的に成長したといっても、前より全然違った生き方をしているわけではありません。俗人で、凡人で、なおかつ浪速のおばはんであることに変わりはありません。

大きな悩みからは解放されましたが、小さな悩みからはまったく解放されません。死ぬまでそうなのかもしれません。悟りの境地なんて、きっと最後まで来ないという気がします。

秋に書いた私のエッセイは感謝の気持ちを伝えています。

『イチョウの木』

私の家の前にちびっこ公園がある。いまどき遊び場のない子供に花あり砂場ありブランコありまさに子供の遊び天国である。そこにイチョウの大木がある。私達が引っ越ししてきた時は、まだ電線すれすれ……でもずいぶん大きいなぁと感じていた。その後四十年近くたった今では倍の大きさ。道路を通る大型自動車の邪魔になり今年は道路にはみ出した分は切られてしまった。毎年できるイチョウの実（銀杏《ぎんなん》）、私は亡き夫と四升ほどの銀杏を拾っていた。真っ白な大粒の銀杏は友人に分けていた。大変喜ばれて今年もまた頂いてありがとうとお礼を言われていた。

脳梗塞で倒れてから丁度一年、見上げる大木は例年のような鈴なりの実の美しさは見られない。枝をおとして、木も大変だなぁーと思っていた。今朝向かいのマンションの奥様から「おばちゃん、これ」と言って袋一杯（五合ほどはいっている）の真っ白な大粒の銀杏を頂いた。

「毎日五粒ぐらい食べな、身体に良いから」ありがとう、毎年人にあげていたので一粒も拾えない身体になった今の私に銀杏をくれる人が出た（これは今まで私が人に差し上げた人達の心がマンションの奥様に通じたものだと直感した）。帰られた後、手にした銀杏の袋を見て込みあげる涙をどうする事もできなかった。

「まかぬ種は生えぬ」の諺があるが、世の中全くその通り、ありがたい世の中に、感謝、感謝。

日常への感謝の念は、それが短歌に昇華されるとき、日常の細かい観察につながります。例えば、カボチャを煮ることや柚子風呂に入ることやカラッ風に吹かれることや、単なる年頭の寝坊といった変哲もない日常を短歌に写し取ることは喜びそのものです。大病をし、死の淵をのぞき、そこから生還したので、自分の体自身がまるで『歳時記』にでもなったかのように感じられるときがあるからだと思っています。

冬至にはカボチャの煮物ありがたく
柚子風呂たいて家内安全

忙しい忙しいよと駆け回る
カラッ風吹く年の暮れかな

寝坊してあわてる我のおろかさに
今年は無事にと祈る今朝かな

住之江の陽も暖かき秋の日に
競《きそ》ふ花ばな色鮮やかに

秋風に落ち葉舞い散る銀杏《いちょう》の樹
命とどめし幹の太さよ

孤独にはさらに敏感になりました。今も眠れないぐらいに孤独な夜があることは昔と同じです。そんなときは、無理に眠ろうとせずに、夜のしじまに目を凝らし、耳を澄ますのです。

孤独をただただ厭わしく思っていた昔とは、その点が違っています。

到来の米を分かちて春を待つ
ゆく年思ふ今宵静かに

静かなる思ひにふける秋の夜に
人みな祈る暖かき夢

夜回りの拍子木響く寒き日に
子供メンバー参加するなり

さて、旅行後から今まで続いている私の一週間のスケジュールを書いておきます。

月曜　…ヘルパーさんが来る日です。
火曜　…リハビリ施設に通所します。
水曜　…自由の日です。
木曜　…ヘルパーさんが来る日です。
金曜　…リハビリ施設に通所します。
土曜　…自由の日です。
日曜　…自由の日です。

前は週に一回ヘルパーさんに来てもらっていたのですが、それでは買い物や洗濯、炊事や掃除がどうしても滞りがちだったので、週に二回来てもらうようにしました。

それから、リハビリ施設にも週に二回行きます。そこで、やはり今でも倦まず弛まず、リハビリ体操をやっています。
昔、一緒に汗と涙を流した、お友達もやって来ます。天気のいい日などは施設の患者さんたちも外に出てゲートボールに興じたり、日向ぼっこしたりします。それらの光景を目を細めて見守ってくれている介護士さんたちは、もちろん気心の知れた仲なのですが、ヘルパーさんに勝るとも劣らぬ天使に思えたこともあります。

公園の楽しき時間和やかに
　汗し見守る介護士たのもし

施設にはいろいろな意味でお世話になりっぱなしですが、そこはまた私の一年の風物詩をつかさどってくれる所でもあったりします。春夏秋冬の年中行事、敬老の日、クリスマス、正月も祝ってくれます。ともすれば、面倒臭くやり過ごしてしまう中、人間らしい気持ちにさせられて、嬉しい限りです

イカやカニあるわあるわとはずむ声
　釣り下げられて皆楽しそう

初カルチェおせち遊びに戯れて
　過ごすひと時たのしかるべし

おめでとう交はす笑顔の懐かしく
　今年よろしく皆のあいさつ

久々の社長の声に励まされ
　ともに戦ふ幸の一年

ちなみに、このリハビリ施設は私立の施設なので、最後の歌の「社長」は施設長を指します。施設長はいつも明るく、私たちを励ましてくれる、太陽のごとき存在です。

スケジュールに「自由の日」と書いている日もありますが、そういう日も、じっとしていられない私は、天気がいい日は買い物やら友人宅への訪問やらで出歩いています。また、月に二回ほどですが、近くの市立住之江図書館の一室がカラオケルームとして開放される日があって、そのときを心待ちにしています。歌が大好きな私は、演歌から歌謡曲から、ベートーベンまでいろいろ歌います。リハビリ施設の先生にはいつも言っています。

「今年の暮れには『第九』を歌いたいんや。しかも、ドイツ語で歌いたいんや」

でも、誰も私がドイツ語で歌うと言っても信じてくれません。だから、本気で練習しようかと思っているぐらいです。まあ、でも、普段は演歌でしょうか。『星影のワルツ』なども大好きで、それを熱唱すると気持ちがスーッとします。また、ハーモニカが結構得意。ハーモニカは二男が学校教材に使っていたもので、それを見つけ、吹けるようになったのです。孤独なときは、『故郷』を吹いたりしています。その曲を吹きながら思い出すのは、家出までした兵庫県美方郡温泉町の実家のことでした。

老人会のコーラス・グループには行っていません。もう十分楽しませてもらいましたから……。また、家の中にじっとしているときは、テレビを見て、その中の人間ドラマにも感動したりします。

そういえば、最近の出来事で嬉しかったのは、やはり、愛子様の誕生を知らせるニュースです。テロップがテレビで流れたときは、思わずバンザイをしたほどでした。本当に日本中がぱっと明るくなりました。私の心も明るくなったことは言うまでもありません。新しい生命の誕生に意味があることはもちろんですが、それより何より、皇室に待望久しいお世継ぎが生まれたことがめでたいのです。

満月に生まれし皇女《みこ》は宇宙より
　使命おびたる人ぞと覚ゆ

今年の箱根のマラソンにも感動しました。ブラウン管越しに若い人の息吹が伝わってくるからです。

初雪や町も峠も白化粧
　箱根路走るランナー厳し

胴上げの監督嬉しランナーの
　笑顔を添へて勝利のかちどき

「テレビでそれだけ感動できれば、お母ちゃん、いつまでも若々しくていられるな」と娘などによく冷やかされたりもしますが、私は少々おっちょこちょいの、感動屋さんなのです。テレビを見てもよくもらい泣きをしますし、スポーツ番組では若人の筋肉の躍動に元気や勇気をいただいたりしています。

さて、私の若さの本当の秘訣はボーイフレンドの存在です。もちろん、私の世代ですから、ボーイフレンドと英語で言うこともないのですが、恋人ではないし、彼氏でもないし、丁度いい言葉がないのです。まあ、やはりボーイフレンドと言うしかないのです。

ここから先の告白はちょっと勇気が要るのですが、私の年になっても、男性の友達は必要です。ハラハラドキドキは人の心を若返らせてくれます。ハラハラドキドキ以上のことがある必要はありませんが、男性の友達の心遣いとかが、いくつになっても嬉しいのです。

映画やカラオケや観劇にボーイフレンドと一緒に行ったりもします。それは一人で見るよりは二人の方がはるかに楽しいことなのです。それは私のように寡婦になった者にしかわからないことかもしれませんが、素直にそう思います。亡夫も私のそんな姿を微笑んで見てくれているに違いありません。

女の身いつも待つ身と変はりなく
人生七十路《ななそじ》いまも待つ身よ

待つ心わびしき心静かなる
思ひにふける楽しき心

男のお友達から声をかけられる前の、そこはかとないムードが好きです。どっちもテレているような、あの間合いが好きです。それは「待つ」ことに徹せられる女だけの時間です。待つことにおいて、昔も今も女心は変わりません。また待っている時間だけでも嬉しいのが女なのです。でも、待っても待っても何の返事もないことがあります。そういうときは、やはり、若い頃と同じようにじりじりとした辛さに襲われます。

待ちわびる日々を重ねて越しくれど
心の穴は埋まらずじまい

会ひたさに胸おどらせる我なれど
氷の御無沙汰氷解のなぞ

連絡がないときはそれはそれなりに、相手にもちゃんと理由があるのです。それが、「氷解」するときがあります。ともあれ、こうした打々発止のやりとりもボーイフレンドとのお付き合いの醍醐味のひとつです。

そして、実際たまにデートの誘いを受けます。無神論の男の方からデートの誘いを受けたこともあります。私はご承知の通り信仰者ですから、無神論者の方とは話が合わないかというとそうでもありません。これがけっこうあっけらかんとして、話がはずんだりするから人生は面白いのです。

夢なればさめずにおくれいとし人
　　愛の言葉のメッセージかな

淋しさをまぎらす友と知りつつも
　　デートの誘ひに我桜色

いくつになっても、デートの誘いは嬉しいものなのです。「桜色」にならなくなったら、死ぬときかもしれません。

リハビリからデートまで、これが私の現在の毎日です。老境にあって、ようやく手にした穏やかな日々なのです……。

あとがき

私は自分なりの使命感でこの手記を書きました。その使命感は、私と同じように高齢で病気をし、後遺症が体に残った方を励ましたいという一心にあります。肉体的な辛さだけでなく、周囲の無理解で精神的にも辛い思いをしている方にエールを送りたいからでもあります。

独り善がりかもしれませんが、私の体験をお読みいただくことで、悩んでいるのは、あなただけではないのだということをわかってほしかったのです。あなたが悩んでいる悩みは、誰かが、地球のどこかで、あなたと同じぐらいに深く悩んでいるのだ、と気づくきっかけにしていただければとの願いを込めて書きました。

手記に書いた通り、私は北海道旅行で魂が癒される経験をしました。

それは、山本さんという、憧れの方にお会いしたことだけでなく、家族のありがたみ、健康のありがたみ、その他諸々のありがたみを体いっぱいで体験する旅だったたから、可能だったことだと思っています。家族は、時折、再発見されなければならないのです。そのために旅は格好の試練でしたし、また、私の健康を試す試練でもありました。

旅から帰ってきてからは、普通の日常の中で、自分の内から湧いてくる喜怒哀楽にできるだけ素直に生きようと思って日々を送っています。私の回復の姿が、あなたに少しでも勇気を与えられたら、それ以上何も望むことはありません。

風船に喜怒哀楽をつめ込んで
飛ばす人生風にまかせて

終わり

著者プロフィール
西田 かよ子（にしだ かよこ）
昭和2年7月28日生まれ
兵庫県美方郡出身

人生最悪の時、癒しの時

2002年11月15日　初版第1刷発行

著　者　西田 かよ子
発行者　瓜谷 綱延
発行所　株式会社文芸社
〒160-0022 東京都新宿区新宿1－10－1
電話 03-5369-3060（編集）
03-5369-2299（販売）
振替 00190-8-728265

印刷所　株式会社平河工業社

ISBN4-8355-4649-0 C0095